MADELEINE CHAPSAL

Les amis sont de passage

FAYARD

Que sont mes amis devenus ?

RUTEBEUF

*Un ami mort, voilà qui devient coutumier avec ce temps
qui nous emporte...
La part de notre vie que nous arrachent ceux qui nous
quittent, n'est-ce pas cela que nous pleurons ?*

François MITTERRAND

Sans amis, on n'est rien du tout.

Robert CHAPSAL

Est-ce assez bête : ma première déception « amoureuse » sur le plan de l'amitié me poigne encore ! C'était au cours des paisibles années cinquante où le progrès était un mot qui pouvait susciter l'enthousiasme, car tout paraissait aller vers du meilleur.

Je n'avais pas trente ans ; mes amis et moi vivions en bande, comme au cours de l'adolescence dont nous ne sortions que lentement et à reculons. Nous retrouvant dans des bars, ces beaux cafés aux appuis de cuivre qui subsistaient un peu partout — j'appréciais surtout ceux de Saint-Germain-des-Prés qui me paraissaient exotiques à côté des établissements chichiteux de mon seizième. Nous partions aussi en week-end, et c'est grâce à ma bande que j'ai découvert Honfleur, Trouville, Rouen, Dieppe, Veules-les-Roses, Etretat, tout ce nord-ouest de Paris qui s'étendait jusqu'à la mer et que j'ai tant aimé.

Pour ce qui est de mes amis, filles et garçons, je ne me disais pas que je les aimais. Ils m'étaient nécessaires, inévitables, forcément présents. Dans un besoin semblable au mien, me semblait-il, qu'on se rencontre tous les jours, ici ou là. Sur le lieu de notre travail — quelques-uns œuvraient dans le même journal que moi — ou le soir, chez l'un ou l'autre, en boîte, à parler ou danser tard dans la nuit.

Je ne me disais pas qu'en cas de malheur ils seraient là. Le malheur — celui de la guerre — nous paraissait derrière nous ; devant, il ne pouvait plus y avoir, en guise de compensation, que des heures heureuses. Des moments de vie qui s'épanouiraient les uns après les autres comme ces fleurs de papier japonaises comprimées dans des pastilles et qui se défroissent dès qu'elles touchent l'eau.

Je me dépliais ; mes amis aussi. (Le mot « copain », dépréciateur, n'existait pas entre nous.) De psychologie nous ne faisions guère. Certains des garçons tombaient amoureux de filles avec lesquelles, s'ils y parvenaient, ils formaient des couples plus ou moins définitifs. D'autres pas, la fille n'étant pas d'accord (à l'époque, les filles étaient plus résistantes qu'aujourd'hui aux sollicitations). Le désir non satisfait attachait encore plus sûrement celui qui l'éprouvait au groupe. Mélancolique, il n'en devenait que plus attentif, serviable, toujours là. Prêt à se contenter d'on ne sait quelle miette : une parole, une occasion d'attouchement, un baiser volé.

Oui, on *volait* des baisers, en ce temps-là, comme dans le film de François Truffaut.

Cette promiscuité du corps et de l'esprit déclenchait nos extases. La drogue n'existait pas, l'alcool était par définition réservé aux alcooliques, considérés comme des « malades ». Nos bonheurs consistaient à rouler en voiture de préférence découverte, à nous retrouver tous à la campagne, dans la maison d'un ami, mal chauffée, sans électricité, au milieu d'un parc, d'une forêt, et d'y camper. Nourris de peu. Nous étions des enfants des bois, encore proches, sans le savoir, de cette génération de paysans dont la plupart des Français étaient issus.

Infiniment sensibles à un mot, un geste, une attitude. D'autant plus que nous parlions à peine, seulement pour philosopher sur l'existence, cette inconnue, les garçons pour discuter politique. Ce qui rasait les filles, lesquelles, sans le laisser paraître, ne songeaient, qu'à l'amour. Au grand, à celui qui allait leur advenir — sûr !

Un jour, l'un de nous, un superbe jeune homme au sourire fort, manqua une soirée. Comme il était des fondateurs du groupe, son absence fut remarquée et, le lendemain, le plus taquin d'entre nous lui demanda ce qu'il avait fichu.

La réponse, je l'ai encore dans les oreilles : « J'avais envie de voir de nouvelles têtes ! »

Je continue à me demander pourquoi cette parole en soi anodine, justifiable et même justifiée, m'entra à ce point dans le cœur. J'explosai, faillis lui taper dessus, moi d'habitude si réservée, contenue, même, et je la ressassai des heures, des jours durant.

Je peux même dire : jusqu'à aujourd'hui.

« De nouvelles têtes » ! Donc, nous ne lui suffisions pas ? Le groupe informel que nous constituions n'était pas destiné à se perpétuer, inchangé, jusqu'à ce que mort s'ensuive ? Tels quels, nous étions éphémères, temporels ? De passage les uns pour les autres ?

Le jeune homme n'avait voulu blesser personne et il fut le premier à s'étonner de ma réaction de fureur. Qu'avait-il fait de mal, n'était-il pas là aujourd'hui, comme d'habitude ? On ne lui avait pas donné le temps de l'exprimer, mais peut-être ces « nouvelles têtes » ne lui avaient-elles pas plu ! Dans le cas contraire, il aurait pu s'agir de recrues qu'il comptait nous présenter aux fins d'admission...

Je ne voulus rien entendre : il avait porté son désir à l'extérieur du cercle que nous formions, m'infligeant la douleur d'imaginer la fissure, l'éclatement, la dissolution de ce qui était « nous ».

Je compris en un éclair que ma « famille » — car, sans que j'en fusse consciente, ils l'étaient devenus — n'était que provisoire, qu'elle me reniait déjà. Bientôt, il me faudrait en faire le deuil, chacun d'entre ses membres s'étant enfui vers de nouvelles aventures. Quel déchirement !

Mon pressentiment était juste. A quel point, je ne le savais pas encore, mais les amis de ce premier

11

cercle, que je croyais éternels, je les perdis tous. Au début un à un, puis en chapelet, s'entraînant les uns les autres vers un *ailleurs* où je n'étais ni voulue, ni comprise. Ils allaient faire leur vie — la vie — sans moi... M'abandonnant ainsi chacun à leur tour. Sans scrupules, sans regrets.

Sans un mot non plus.

Ils n'étaient là que pour un moment, comme l'avait été mon père, parti dès mes sept ans, comme le seraient tous mes proches : parents, sœur, nièce, mari, amants, chats, chiens, tout ceux que j'ai aimés, tout ceux que j'aime mais que, désormais, je n'ose plus introduire par un possessif...

Personne n'est « mien » ; seulement de passage.

Insigne cruauté de l'existence dont nul, au départ, ne nous avertit. (Il nous faut pourtant quitter et être quittés pour naître, mais ce premier abandon ne nous sert pas de leçon...)

Comment s'en consoler, comment s'en prémunir ?

Comment jouir par la mémoire de ces liens qui nous ont servi à nous constituer, et qui ne sont plus ?

C'est la question qu'avec douleur je me suis posée toute ma vie et à laquelle, maintenant seulement, je commence à donner un embryon de réponse.

J'avais à peine dix ans quand je suis entrée en amitié avec Marie-Jeanne. Elle était d'ascendance bretonne, je ne l'appris que plus tard, car on ne parlait ni des origines ni des pratiques religieuses à la maison où la curiosité d'autrui était courte. (J'ignorais par exemple que j'avais un oncle juif, une tante protestante.) Mais je perçus à des riens que Marie-Jeanne, pourtant inscrite dans le même cours huppé, ne satisfaisait pas entièrement aux aspirations mondaines de Maman : ses parents ne devaient pas posséder une grosse fortune, elle-même était une fillette un peu boulotte. Je ne me suis mise à grandir qu'à un âge plus avancé et Marie-Jeanne, à l'époque, était de la même taille que moi. Commode, pour se prendre par le bras, se chuchoter à l'oreille, et je perçus d'emblée que cette fille ouverte avait des choses à m'apprendre.

Sur quoi ? Mais sur la sexualité, seul sujet digne d'intérêt pour des enfants qui approchent de la puberté !... Je la sentais délurée, en tout cas plus que moi, ce qui n'était pas difficile, toujours drôle et de bonne humeur. Toutefois, si maintenue que je fusse à l'école comme à la maison, il y avait déjà en moi le démon de la remise en question et une sorte d'humour à froid qui me fit — me fait — autant d'ennemis que d'amis.

En un rien de temps, nous étions devenues inséparables, assises l'une à côté de l'autre, et — je m'en souviens comme d'un moment de plaisir durant les heures d'étude qui en comportaient si peu — mêlant nos jambes nues sous la table. Ni les maîtresses ni la surveillante ne s'en aperçurent — sinon, quelle engueulade ! Nous n'y voyions pas vraiment mal, quoique nous fassions en sorte que personne ne pût s'en douter... Mais ces attouchements, bien que ne menant nulle part, étaient trop agréables pour faire partie de ce qu'étaient censés approuver les adultes.

Maman laissa venir Marie-Jeanne chez moi, rarement, juste pour lui montrer, je présume, que nous vivions au large. Je ne suis en revanche jamais entrée chez elle. Pourquoi ? Mystère, là encore... Est-ce que le métier de ma mère, la haute-couture, et mes belles robes indisposaient ses parents ?

J'eus une autre amie, Viviane, qui, elle, fut largement acceptée : ses parents avaient dû faire un séjour en Inde et elle était la filleule de la Bégum. Ils habitaient dans encore plus chic que nous. En tout cas, tout autant, car on ne pouvait faire mieux que le cadre entièrement 1930 de ma mère qui avait fait appel, pour lui créer des meubles uniques, aux grands artistes de l'époque. Maman, côté décoration, goût, raffinement, était au « top ».

Mais les cadeaux de la Bégum !

Les enfants sentent dans la minute ce qui est au-dessus d'eux et qu'ils n'obtiendront jamais. Je me revois, béate, sans réaction apparente, devant une machine à écrire que Viviane avait reçue pour Noël... Même pas la peine d'en parler à la maison, je ne l'aurais pas ! C'était mieux que ma bicyclette, mieux que tout !

Ma vocation d'écrivain a-t-elle éclos en cet instant de silence admiratif et envieux, boulevard Suchet, juste avant la guerre ?

Marie-Jeanne était futée ; Viviane, gentille. Je naviguais de l'une à l'autre, du moins pendant l'année scolaire, car jamais nous ne passâmes ne fût-ce qu'une journée de vacances ensemble. L'on ne s'écrivait pas non plus, et, tout compte fait, nous ne nous disions pas grand-chose : notre amitié était « physique », comme celle d'animaux qui s'en vont boire ensemble, côte à côte, dans la même eau. Puisqu'il faut assumer cette nécessité quotidienne, autant y aller à deux ou trois...

Nous buvions l'eau du Savoir et de la Culture. Au moment des prix, je remportais régulièrement celui d'Excellence. Jamais je ne me suis demandé l'effet que cela pouvait bien faire sur mes amies d'arriver toujours après moi. Cela me paraissait normal : est-ce que notre maison, située tout au sommet de la colline de Chaillot, n'était pas la plus haute ? J'avais dix ans et me sentais devoir être la première avec autant de naturel que j'acceptais chez moi d'être l'aînée. J'étais faite pour ça. Aurais-je aimé une amie plus « performante » que moi ? Je me le demande.

En même temps, je n'étais pas un « chouchou », je gardais mes distances avec les « autorités ». Avoir des compagnes pour partager mes activités, alors réduites, me suffisait.

Plus j'y repense et tente de retrouver mes sensations d'alors, plus je me dis que l'amitié n'est faite que d'inconnaissable. Vous attachez-vous, comme se heurtent les atomes, à la première compagne de hasard qui vient vous demander si vous vous rappelez à quelle heure commence l'étude ou sur quelle matière va porter l'interrogation ?

Maintenant encore, je préfère qu'on prenne l'initiative de m'approcher, tout en restant sur mes gardes : que me veut-on au juste ? Si on ne cherche rien, peu à peu mes défenses s'abaissent, je laisse venir.

Et si l'amitié procédait avant tout des mots ? Chez les humains, la parole est le premier moyen de contact. Au bureau, dans les magasins, les salons, au sport, à l'hôpital, dans la rue, une salle d'attente, ici ou là, nous laissons sans cesse tomber des « petites phrases ». Si ces mots en apparence anodins, mais pour nous chargés de sens, révélateurs de notre tempérament, sont reçus, acceptés, renvoyés, alors quelque chose se noue...

« Pour une fois, j'ai donc été entendue ! »

On ne sait trop ce qu'est la psychanalyse ; il n'empêche : on cherche une oreille...

Parmi mes premières amies, Marie-Jeanne entendait la rigolade ; or la mienne manquait totalement d'échos à la maison où jamais on ne proférait ne fût-ce qu'un calembour ! Viviane, elle, aimait affirmer, mine de rien, sa supériorité sociale ; celle qu'elle croyait détenir à travers ses parents. Moi de même : mon grand-père, sénateur, était alors ministre ; ma mère, reine des élégances. Cela pose, surtout quand on a dix, douze ans, et nos lâchers de phrases allaient tous dans le sens de l'autosatisfaction : elle me parlait « Bégum », je lui répondais « Maison Vionnet » ou « Sénat ». Sous-entendu : nous sommes bien les meilleures !

Un état dont nous nous régalions à demi-mot.

Si l'on peut épater ses camarades, on ne saurait éblouir ses parents sur ce qu'ils sont : d'où la nécessité d'un cercle extérieur. Nos premiers amis sont des admirateurs — aujourd'hui, on dirait des *fans* ou des *groupies*.

La brosse à reluire se devant de fonctionner dans les deux sens !

Ne soyons pas trop sévère : cette assomption de soi à travers quelque semblable est nécessaire et bienfaisante. Le narcissisme des adolescents se révèle si fragile ! Une déception, une humiliation, et c'est le suicide.

Nos parents auraient dû bénir nos amis et amies d'enfance ; ils furent nos sauvegardes.

Survint la rupture de la guerre. Camps de concentration, camps de prisonniers, prises d'otages, faillite, séparation, maladie, honte ou gloire : chaque famille vécut le traumatisme à sa façon.

Un fait concerna surtout les jeunes : la déclaration de guerre eut lieu à la fin des vacances scolaires, en septembre 1939, et beaucoup d'élèves — dont moi — ne participèrent pas à la rentrée d'octobre. Viviane, entre autres, partit pour les Etats-Unis. C'était fini. (Je ne l'ai revue, comme Marie-Jeanne, que bien des années plus tard, l'une et l'autre à leur demande. Que se dire ? « Qu'es-tu devenue ? » Elles étaient mariées, moi aussi ; mères de famille, moi non ; leur destin était accompli, le mien bafouillait encore ; nous ne parvenions plus à rien « entendre » les unes des autres...)

La guerre bouleversa radicalement mon mode de vie. Il fallut me faire d'autres « meilleures amies », dans un nouveau cadre : la neige, la Haute-Savoie, Megève, un collège mixte.

Avec quelle acuité les adolescents se dévisagent dès le premier instant ! Dans l'espoir d'une ressemblance, d'une affinité ? Je l'ai dit tout à l'heure : plutôt d'un écho. « Qui suis-je ? » est la question primordiale pour un être en devenir. Chacun se cherche un autre — hors du cercle familial, sourd et aveugle par définition — capable de l'aider dans cette quête. Si quelqu'un entend la question et répond : « Je suis moi aussi au lieu même où tu te trouves », l'alliance est conclue. Le pacte ne s'établit pas en mots, bien sûr, mais se prouve par une proximité d'abord physique. L'ami(e) futur(e)s vient s'asseoir à côté de vous, considère votre vêtement, touche à vos modestes bijoux...

Je me revois lorgnant de près la petite croix grecque, dorée, que Colette portait autour du cou. Elle la souleva pour m'expliquer avec sa remarquable simplicité d'où elle venait : d'une boutique du village. J'avais, j'ai toujours, le goût des colifichets. A l'époque, ils n'abondaient pas et mon intérêt pour celui-là me rapprocha de Colette — morte très tôt, très jeune, elle me manque — qui, rondelette avec des petits seins ravissants, avait un sens inné de l'aisance. Du bagout. Elle remettait les garçons à leur place avec une assurance que je ne me sentais pas, mais dont je me délectais, ce qui fait que je me collais à elle pour en savourer les effets décapants sur ceux qui nous abordaient.

Autre trait particulier à l'enfance et à l'adolescence : on ne se dit pas que « l'autre », qui a notre âge, est un enfant ou un adolescent. Nous percevons — et nous avons raison — qu'il est déjà tel qu'en lui-même. Le souvenir que je garde de mes amis d'alors est celui d'hommes et de femmes achevés, même s'ils ne détiennent encore aucune fonction sociale, mais avec leurs traits singuliers, leurs différences. Nous avions à peine plus de quinze ans et nous étions déjà totalement nous-mêmes.

Pour mon compte, j'avais hérité de ma mère le goût de la mode, de la beauté, de l'élégance. Christiane, une autre amie, que j'allais conserver plus d'une dizaine d'années et qui, par alliance, fut un moment ma cousine germaine, était d'une beauté sans égale. J'allais d'emblée vers cette brune au teint mat, aux yeux noirs, au sourire digne d'Ava Gardner. La regarder était un enchantement, l'entendre parler une surprise : elle gémissait sans arrêt, mais avec un charme ! Elle était fille de divorcés. Sa mère, avec qui elle vivait, s'était retrouvée sans argent, et, face à nous qui n'en manquions pas — la plupart des adultes étaient des transfuges de la zone occupée, souvent juifs —, elle se plaignait d'être dépourvue de tout ce qu'elle convoitait, à commencer par les beaux vêtements qu'elle méritait de porter, certes !

Christiane n'occupait pas son rang, qui aurait dû être le premier. La beauté n'est-elle pas une forme de souveraineté ? Encore lui faut-il un royaume où s'épanouir, et, pour tous, sous l'occupation, l'espace était restreint. Toutefois, je percevais que me trouver auprès d'elle me faisait bénéficier d'un rayonnement que je n'eusse pas dégagé seule.

A elle aussi, sans doute, ma présence ajoutait, car nous avons passé plusieurs années à nous tenir par le bras, les garçons, connus ou inconnus, s'agglutinant autour de nous comme des mouches. On venait pour elle comme, dans la nuit, on se dirige vers un phare, mais, souvent, c'était pour moi qu'on restait... Je suis mal placée pour définir le genre d'attraction que suscitait notre couple de filles, mais cela marchait, et fort ! (L'une et l'autre nous sommes mariées à vingt ans.)

Sans jalousie réciproque... Je n'ai jamais été jalouse de mes amis (ou amies) et, de toute façon, les hommes qui lui plaisaient ne me plaisaient pas, à moi.

Il en va de même aujourd'hui : les maris ou amants de mes amies ne me touchent guère. Je les trouve toujours moins « bien » que leur compagne. (Il y a eu toutefois une exception : dans un cas, j'ai préféré l'homme, l'attraction fut réciproque, irrésistible, et, du coup, je les ai perdus tous les deux, l'homme et la femme !)

Je regardais Christiane se débattre parmi sa cour, prendre conscience de son pouvoir naissant. Quand elle avait bien gémi, se plaignant de tout — du temps, pluie, neige ou brouillard, de son beau-père, de ses chaussures trop petites, de ses skis de mauvaise qualité (elle venait à skis, et de loin, jusqu'au collège) —, soudain elle souriait. Alors tous les nuages se déchiraient, personne ne pouvait résister au sourire de ces dents parfaites, à la brillance de ses immenses yeux noirs. Nous en restions muets d'éblouissement.

J'ai vécu jusqu'à la Libération dans l'orbe de ce sourire qui m'a, je crois, dissimulé le plus gros de l'horreur ambiante. Puisqu'un tel sourire pouvait exister, le monde n'était pas complètement perdu !

C'était vrai.

Pour avoir vécu dans une famille où régnait en permanence l'angoisse, je n'avais pas appris à sourire — on me reprochait mon expression figée — ; cette montée en surface de la joie intérieure ne me vint que lentement, bien plus tard, quand j'eus envie de faire savoir aux autres que je les aimais.

Car le fait d'aimer, en ces temps de guerre et d'adolescence, était pour chacun de nous un secret bien gardé.

Relire *Mémoires de deux jeunes mariées*, d'Honoré de Balzac, permet de saisir à quel point un fossé se creuse immédiatement entre les filles qui prennent époux et les autres.

Devenue « Madame », admise dans le cercle des initiées à la vie adulte, on ne communique plus de la même façon avec ses compagnes restées célibataires. Ne serait-ce que parce qu'on n'est plus en position de ricaner à propos des hommes alentour — occupation majeure des filles, je le constate encore aujourd'hui —, tout en faisant de son mieux pour les séduire.

On est sortie de ce manège : la chasse au mari.

C'est donc avec de nouvelles jeunes femmes, elles aussi fraîchement mariées, que je me liai alors.

Cela se fit à travers nos maris, lesquels étaient en relation. Non que je me laissasse imposer les épouses — ce n'était pas mon genre, ni le leur —, mais les jeunes hommes que mon mari fréquentait, avec lesquels il faisait alliance d'ambitions et de projets, avaient dans l'ensemble choisi pour compagnes des filles en mouvement.

Pas tous, et certaines jeunes épousées, en dépit de leurs efforts, ne parvinrent pas à capter mon attention plus de quelques minutes.

Là encore, qu'est-ce qui fait qu'au cours d'une conversation d'abord guindée, un cocktail, un dîner, une réunion considérée par ces messieurs comme « de travail », des femmes se sentent en affinité ?

Si soudaine que, le jour même, elles proposent de se revoir en tête à tête devant une tasse de café, pour visiter une exposition, faire une balade en voiture avec leurs permis de conduire tout neufs ?

Marie-Pierre, Colette, quel éblouissement !

Je les ai rencontrées en même temps, et toutes deux occupèrent des années durant une grande partie de mon cœur et de mon temps.

Par leur allure, leur façon de s'exprimer, jointes à leur beauté.

Ni l'une ni l'autre, pourtant, ne se plurent mutuellement, bien qu'elles aient eu l'occasion de se coudoyer tout autant qu'avec moi.

J'avais donc deux amies, même si je ne me le disais pas, avec qui les rapports ne cessaient de s'approfondir, jusqu'à atteindre ce point à partir duquel cela ne devient plus la peine de se voir ni de se fréquenter !

C'est Françoise Dolto qui m'en a donné la raison : « Avec tous ceux qu'on rencontre, on a quelque chose à échanger... Parfois, cela se fait en cinq minutes, ou alors en six mois, dix ans, ou il y faut toute la vie... Qu'importe alors de se quitter : l'échange a eu lieu, on est plus riche de ce que l'autre nous a donné ; c'est fait ! »

Avec ces deux-là, le moment de l'échange dura exactement autant que mon mariage. Comme s'il y avait eu un rapport entre mon état de femme mariée et notre complicité.

En fait, nous étions toutes trois sous l'influence de jeunes hommes remarquables, lesquels, dans une société bien plus « macho » qu'elle ne l'est aujourd'hui, ne nous laissaient qu'une place de « seconds couteaux ».

D'esclaves consenties. Il y a des esclaves aimées et même adorées à condition qu'elles gardent leur rang...

Marie-Pierre et moi avons rué dans les brancards jusqu'à nos divorces.

Pas Colette.

Il y avait en elle une fraîcheur, une pureté qui émouvaient tout le monde. Un visage définitif. Je veux dire : qui ne pouvait changer, ne l'a pas fait ; tout y était en place dès le départ, exact, équilibré, sans défaut. Aucune évolution possible, et elle n'a pas évolué... Elle reste la même, charmante et ailleurs. Vivant dans un monde qu'elle se crée et se recrée à mesure, traversant avec la même légèreté insoutenable les drames que ne lui a pas épargnés son destin.

Nous partagions nos robes alors que nous n'avions nullement la même silhouette : elle était musclée, sportive ; moi, j'étais toute en souplesse. Pour la finesse de la taille, je la battais d'un ou deux centimètres. (Il paraît que les filles d'aujourd'hui sont plus grandes, mais avec la taille plus épaisse ; la nôtre se ressentait-elle encore des corsets de nos grand-mères ? Toujours est-il que je m'amusais à tenir la mienne à deux mains...)

Que nous sommes-nous dit en toutes ces années de compagnonnage — plus de dix ? Je ne m'en souviens pas ; je la regardais sourire, petite tête aux cheveux courts sur un long cou de biche... Etait-ce par inconsciente coquetterie ? Elle rentrait ses épaules musclées comme pour se faire encore plus enfant qu'elle n'était... Je l'écoutais parler livres, son *hobby*. Elle aimait les écrivains, les auteurs, l'édition. D'une façon qui relevait plus de la mondanité que de ce drame noir que constitue — je le pressentais obscurément — l'écriture.

Elle connaissait les beaux endroits, de Saint-Tropez au golfe de La Baule, à la maison Gallimard, au Harry's bar, tous lieux qu'elle me fit découvrir avec, parfois, une insolence de gavroche.

Elle ne courait pas après les hommes, ils étaient là, tout proches d'elle, et elle les prenait comme allant de soi, avec un naturel qui m'épatait. Pour moi, chaque mâle était une aventure en puissance (je finis d'ailleurs par le prouver) ; pas pour elle qui ne cherchait qu'à perdurer dans son être et y parvint.

Ma deuxième amie était plus dangereuse et plus imprévisible — déjà pour elle-même. De haute naissance (comtesse à ses heures), elle accumula les mariages, donc les rencontres. Marie-Pierre était, est toujours, une « tête ». Pensante, chercheuse, sûre. Le contraste entre ce cerveau bien équipé et sa silhouette de petit Tanagra aux longs cheveux portés en chignon révolutionnait à juste titre tous ceux qui la rencontraient. Dont moi.

Je tombai sous le charme de cette fille plus petite que moi, au pied minuscule et finement chaussé, qui avançait sans faillir le long des précipices qu'offrait aux femmes leur nouvelle libération sexuelle. Trente ans plus tôt, elle aurait été la « garçonne ». A l'époque, elle fut une émule de Simone de Beauvoir qu'elle connaissait personnellement.

Marie-Pierre m'a fait avancer comme personne, autant par ceux qu'elle sut me présenter dans des milieux qui n'étaient pas les miens — universitaires, existentialistes... — que par sa courageuse obstination à tout franchir avec le sourire, les drames personnels comme les défis sportifs. Equitation, ski, nage, je la voyais s'escrimer, réussir, et je tentai d'en faire autant.

C'est derrière elle que j'appris à ne pas être toujours, immanquablement la première. Plutôt celle que je suis. Et que c'était déjà bien suffisant comme ça...

Est-ce ma « non-jalousie » ? Jamais je ne me suis disputée avec mes amies. En aucune occasion nous n'avons échangé de ces paroles meurtrières qu'on n'oublie pas et qui nous laissent blessées des deux côtés.

Le moment venu, nous nous sommes glissées chacune vers nos destinées, devenues différentes. Avec

des soubresauts, des tentatives de retour en arrière :
« Si on déjeunait ensemble ? » Mais pour quoi faire ?
Le point ? Se raconter sa vie d'une façon arrangée ?
Car il est surtout question de paraître, face à des personnes avec qui l'on ne partage plus que des souvenirs. On tente, par fierté, de « donner un sens » à des
épisodes qui n'en ont pas toujours, du moins
d'acceptable. Pour montrer qu'on s'est tiré de tout
haut la main, qu'il ne manque aucune plume à notre
panache — quand on sait, dans son for intérieur, que
ce n'est pas vraiment le cas ! Mais, chez *Angelina* ou
chez *Lipp*, on ne va pas se mettre à pleurnicher que
rien ne va plus ! Tout va, au contraire, on a tout
réussi, en tout cas surmonté, et on est comme à
trente ans, prêtes pour de nouvelles aventures !

C'est faux, et cette inévitable comédie du retour en
arrière m'attriste. C'est pourquoi je m'y refuse...

Colette me reproche de garder mon écart.
Marie-Pierre est si occupée par son troisième mari
et sa croissante activité intellectuelle, sa famille
nombreuse et exigeante, qu'elle l'admet. Peut-être,
d'ailleurs, ressent-elle la même chose ?

Que j'ai aimé les voir avancer devant moi, ces
belles filles, sur un trottoir, une plage, infiniment
courtisées, parfois par le jeune homme qui justement
me plaisait. Que c'était drôle, adorable, chanceux !

Oui, j'ai eu une chance inouïe de rencontrer ces
femmes-là ! Sans qu'elles le sachent, elles étaient les
perles d'une société aujourd'hui en dilution. Qu'elles
aient daigné me distinguer comme susceptible de les
accompagner un bout de chemin pour se reconnaître
en moi, m'aimer en quelque sorte, fut un bonheur.

Puis je me suis échappée ; j'échappe toujours. A
moi-même, d'abord, et, comme elles étaient devenues une partie de moi...

A chaque grand remaniement de ma vie a corres-
pondu, sans que je l'aie prévu ni voulu, un changement radical dans mes amitiés.

Si Colette et Marie-Pierre surgirent au moment de
mon mariage, je ne les vis plus guère après mon
divorce. L'accession à la liberté « responsabilise »,
selon un terme à la mode, du fait que l'on n'est plus
protégée que par soi-même. Instinctivement, l'on
s'écarte, comme un animal sauvage du troupeau, de
qui ne connaît pas le même sort.

Terminée, la période de jeu et de désinvolture que
nous avions partagée dans la dépendance plus ou
moins acceptée qu'implique le mariage. Désormais,
je ne pouvais m'entendre qu'avec des femmes dans
la même situation que moi : des femmes *seules*.

La première fut Christine.

Je me souviens de notre rencontre — si symbo-
lique — au coin de deux rues ! Nous faillîmes nous
cogner l'une dans l'autre. L'accident évité, un ami
commun, François, qui m'accompagnait, nous pré-
senta.

François disparut vite, mais pas Christine, qui
vivait depuis longtemps ce que je découvrais : les
week-ends en solitaire, les mois d'août désertiques,
les fins de journée à attendre, lovée près du téléphone...

Christine était alors un écrivain renommé dans

un registre tendre et drolatique qui lui ressemblait tout à fait. La plaisanterie aux lèvres, le regard le plus noir que j'aie jamais vu, elle séduisait par son rire et sa gaieté. Et puis elle était affamée de tout. Ainsi débute l'un de ses plus célèbres romans : « *L'amour me donne faim...* » Son vigoureux appétit la rendait insatiable de rencontres. Elle en fit de prestigieuses, sans se marier. Puis se retira dans sa province, les Landes, en compagnie d'une arche de Noé qui a le mérite de la fidélité et le tort de ne pas être éternelle...

C'est la prescience d'un abandon sans cesse menaçant que dissimulait la perpétuelle bonne humeur de Christine, avec sa douleur de ne pas être assez aimée !

C'était aussi mon cas. En quittant mon mari, je m'étais séparée — sans l'avoir imaginé ! — de tout un entourage : belle-famille, relations, faux-amis aussi. Lesquels, me percevant socialement isolée, ne virent plus quel intérêt ils pouvaient avoir à me fréquenter.

Sauf Christine.

Nous passâmes d'interminables journées ensemble, nous vouvoyant longtemps encore, à boire des jus d'orange et à écouter Armstrong sur la terrasse de son petit appartement en lisière du bois de Boulogne. Elle conduisait une mini-auto, n'étant elle-même pas très grande, mais son cœur était large, généreux, et elle avait l'esprit curieux. Sous le feu nourri de ses questions parfois indiscrètes, je commençai à me décorseter. A quitter l'habitude, gardée de mon enfance, de répondre à un interrogatoire, même amical, que tout était pour le mieux dans le meilleur des mondes. Prudence, ou politesse de cour ? « Comment vas-tu ? — Très bien... », telle fut longtemps ma « couverture »... Je ne voulais révéler ni mes souffrances, ni mes humiliations — j'en subissais, comme toutes les femmes soudain seules —, ni confier ce qu'il en était de mes nouvelles amours.

Quelques hommes de passage, sans avenir, m'occupèrent un moment, puis je fis une rencontre durable, bien que contrainte à demeurer secrète.

C'est alors que mon lien avec Christine se distendit : je craignais ses questions, ne sachant pas vraiment mentir. De plus, une disparité s'était creusée entre nous deux. J'étais « accompagnée », même si cela ne pouvait être officiel, tandis que mon amie demeurait seule, et je la sentais à l'affût, peut-être jalouse de ce qui m'arrivait.

L'une des raisons pour lesquelles je cesse un beau jour de fréquenter certaines femmes dont je me sens très proche — tout en continuant de les aimer —, c'est qu'elles ne supportent pas qu'il n'y ait pas égalité de destin entre elles et moi. Une totale similitude... Comme si l'on était sœurs et qu'on se devait de poursuivre un chemin parallèle. (C'est la déception, chez elle, de constater qu'il n'en est rien, qui m'a aussi séparée de ma sœur de sang.) Ces femmes-là refusent de tout leur être, comme s'il était alors mis en question, que l'on change, évolue. Et donc qu'on puisse entrer en analyse — ce que je finis pourtant par faire. Me donnant, de ce fait, un confident autrement expert et exigeant, pour ce qui est de ma vérité, que pouvaient l'être ma sœur ou même mes amies (Christine étant de celles pour qui, si l'on ne se dit pas *tout,* on ne se dit *rien*).

Ma sœur, elle, ne me demanda jamais de confidences, les redoutant sans doute. Seulement de demeurer immuable, identique à moi-même, c'est-à-dire à l'image de moi qu'elle s'était forgée et dont elle avait besoin pour son économie personnelle.

Mais nous n'existons pas — en tout cas, pas moi ! — uniquement pour jouer un rôle, distribué une fois pour toutes dans le théâtre d'autrui !

Nous avons, j'ai droit au changement, et c'était lui que j'étais allée quérir en analyse. Envers et contre tous...

Au début, pressentant que le principe de mon

entrée en thérapie ne pouvait que déplaire à mon entourage, je n'en parlai pas du tout. Je mis deux ans avant d'en faire état auprès de mon amant. Plus encore pour m'en ouvrir à ma sœur, qui ne réagit pas, sans doute blessée à mort — sans que je le comprisse sur-le-champ — dans la confiance qu'elle me faisait pour ne jamais « bouger » ! Fût-ce dans le but d'aller vers ce qui était mon meilleur...

Cette fureur que provoque la terreur de perdre un autre devenu une part parfois vitale de soi, on la rencontre aussi en amour : « N'évolue pas ou je te tue ! »

Pour tous ces motifs que je ne me formulais pas alors, je m'écartai d'abord doucement, puis fermement de Christine. Sans rompre, sans explication, sans nous blesser.

Ce qui ne fut pas le cas avec ma sœur, laquelle aurait pu être, *ad vitam aeternam*, ma meilleure amie. Mais ce désir d'advenir, de « naître » à moi-même — pour moins souffrir — qui me poussa vers le changement, provoqua entre nous un éclatement irréversible. Comme, dans certaines familles, la vocation religieuse de tel ou tel de ses membres... Comment manifester la persistance de son amour à ceux qui se jugent alors abandonnés ? Renoncer à soi, s'écraser pour demeurer conforme à ce qu'ils attendent ? Ou continuer d'aller vers l'« appel » ?

C'est en ces occurrences que le précepte de Françoise Dolto prend toute sa valeur : on a échangé ce qu'on avait à échanger, on peut se séparer sans regrets ni remords...

Merci, Christine, je n'oublierai jamais ton aide, ton appui, ton compagnonnage, tes mots si précieux !

Je la revois — poétique souvenir... — parmi les plantes grimpantes de son balcon-terrasse, ou alors à la plage, son petit corps musclé et bronzé se jouant courageusement des hautes vagues de « son » Atlantique...

Ou quand elle lève la tête — elle le fait encore —

jusqu'à se tordre le cou pour regarder droit dans les yeux un homme du genre qu'elle préfère : un géant !

Son amitié fut pour moi un garde-fou, car j'avais sans cesse envie de mourir en ce temps-là. Sans mari, sans enfant, sans amant régulier, trente ans, un chat pour toute compagnie : que devenir ?

De la dizaine d'années qui suivit mon entrée en analyse, je garde des souvenirs obscurs, sans véritables affects. Est-ce mon évolution alors inconsciente qui me poussa à rencontrer puis quitter tant de gens ?

J'ai parlé ailleurs d'Agathe, cette amie peintre qui finit, à quarante-quatre ans, par se suicider sauvagement. Témoin de ma souffrance et de mon incapacité à en sortir seule, c'est elle qui m'enjoignit d'avoir recours à un professionnel, démarche dont elle avait tout autant besoin que moi, sinon plus, mais dont, pour sa part, elle ne voulut pas. D'où sa fin tragique, je le dis sans hésiter.

Ai-je parlé de mon analyse avec Agathe ? Elle ne s'intéressait guère au retour sur soi — plus exactement, elle estimait que la fidélité à ses choix et à soi-même, fût-ce à ses défauts, à ses errements, était le premier des principes. Une forme de morale qui peut se révéler admirable, mais aussi fonctionner comme un piège.

Pour moi, je ne songeais qu'à sortir d'un état conflictuel que je ne considérais pas comme une névrose et qui, pourtant, en était une. Familiale, de surcroît. Un enfermement dans un monde uniquement composé de femmes, laissant les hommes à la porte.

Par désir, par amour, j'avais besoin de rejoindre le

lieu d'une hétérosexualité vivifiante, voulue, de m'extirper de ce qui, jusque-là, m'avait été enseigné comme la seule forme possible de rapport humain : la fusion.

La fusion ! Unique façon, pour tant d'êtres, de se lier à un autre, quel qu'il soit : mère, père, conjoint, enfant, ami... Son pays, aussi, ou son entreprise. Et d'appeler cet élan irrépressible, souvent suicidaire : la passion !

J'allais, sur le plan amoureux, de passion en passion — à chaque fois plus brèves ! Car, tel l'enfant que Freud a observé jouant au jeu du *Fort/Da* — lancer puis récupérer une bobine de fil qui représente symboliquement les allées et venues de sa mère —, j'entrais et sortais à l'envi des passions. Afin de me prouver à moi-même que je commençais à maîtriser cet état, puisque je pouvais tout aussi bien « défusionner » que fusionner...

Attention les dégâts ! Autrui étant devenu pour moi un champ d'expériences, je fis de la peine, si j'en éprouvai aussi...

La morale, là-dedans ? Il n'y en avait qu'une : me structurer en tant que sujet, être indépendant. Etait-ce le but que poursuivait mon premier analyste, Serge Leclaire ? Il ne me fit aucune remarque (ce qu'on appelle une interprétation) susceptible de me le laisser penser... Il m'attendait à « mon » heure, pour m'écouter le plus souvent en silence, et je me souviens de lui avoir dit : « Je ne vous serai jamais assez reconnaissante d'être toujours fidèle à nos rendez-vous... » Ce qui, en tant que thérapeute, était sa stricte obligation à mon égard, le travail pour lequel je le payais et qui, pourtant, me paraissait fabuleux.

D'une façon générale, autrui m'avait tant manqué, tant menti, je m'étais tellement sentie trahie ! (Vrai ou faux, car on exige de ceux qui se mêlent de nous aimer un absolu qu'ils ne sont pas en mesure de donner ni d'assumer.)

Cette fois, quelqu'un était toujours présent là où

34

je comptais le trouver, identique à lui-même. (Il évoluait pourtant, comme ses travaux publiés en font état, et heureusement pour lui, mais je ne daignais pas m'en apercevoir : je voulais cet homme immuable, mon seul point fixe sur cette terre, et, s'il s'était dérobé, par exemple en mourant, je serais partie à la dérive...)

Donc, il y avait Agathe qui, devenue veuve — ce qui nous avait rapprochées —, se remaria avec un ami commun — ce qui nous éloigna, puisque je continuai seule. Mais ce qui marqua le début d'une rupture qui ne fut consommée que par son suicide, ce fut, j'en suis convaincue, mon état d'analysante.

L'un des effets immédiats de l'analyse est de porter au rouge le regard critique que l'on jette sur autrui. Personne, à vous entendre sur le divan, n'est assez parfait pour vous. Tout le monde a des torts, des défauts, des faiblesses, des manques, des failles, et je me mis à en trouver des quantités chez Agathe, lui reprochant en somme d'être ce qu'elle était : névrosée, presque psychotique ! Comme tous les vrais artistes, puisqu'elle était peintre.

Cette intransigeance — odieuse — vient de ce qui « gêne » en soi et qui s'avive du fait même que l'on cherche à s'en débarrasser. Déviations, impuissances deviennent intolérables sans qu'on les perçoive tout de suite chez soi, mais vues comme en miroir chez autrui !

C'est ainsi que je perdis Agathe, nous brouillant juste avant que la mort ne nous sépare à jamais. Souvent, je me suis dit que si je n'avais pas été au point culminant de mon analyse quand elle rencontra la tragédie — la mort presque subite de son second mari —, j'aurais pu l'aider. Je m'en révélai incapable : trop de « ressentiment » envers l'humanité m'occupait, et, chaque fois qu'elle me disait : « Le courage serait de me tuer... », je lui répondais platement : « Le courage, c'est de vivre ! »

Je l'énonçais en fait pour moi-même — je ne voulais pas faire le plaisir de disparaître à un entourage que je jugeais hostile ! — sans songer ni à l'écouter, au vrai sens du mot, ni à lui répondre là où elle avait besoin qu'on lui manifeste qu'on l'avait entendue : au lieu le plus désespéré de sa souffrance.

Un être en analyse n'est pas tout à fait lui-même, ni fiable. Il est comme un vulcanologue en train d'observer scientifiquement la montée du magma sous ses pieds : totalement absorbé par le phénomène ! Un état dangereux, quasi irréel, pouvant mener à l'inconséquence. (Certains vulcanologues, fascinés, se laissent enfumer par les vapeurs délétères...)

C'est aussi l'époque où je me liai avec Michèle, une psychanalyste. Ne pouvant m'approcher trop près de mon thérapeute — la règle était là pour nous interdire la familiarité —, je fis amie/amie avec une personne du même bord que lui, c'est-à-dire de la même école, remarquablement belle et intelligente, à laquelle j'avais plaisir à m'identifier. (Avant moi, elle s'était elle-même trouvée en analyse avec Leclaire.)

A cette femme aussi je trouvai vite des « défauts » du seul fait que, mariée, mère de famille, en possession d'une clientèle, elle n'était pas toute à moi.

Michèle dut ressentir mon exigence, car un jour que je me trouvais en week-end chez elle, à la campagne, elle me sortit la chose la plus cruelle que j'aie pu entendre à mon propos : « C'est intolérable de t'avoir à la maison ; ta souffrance est si forte qu'elle passe à travers la porte fermée de ta chambre !... » (Je la revois encore, cette porte, dans une maison vendue depuis lors !)

Sans doute voulait-elle, par métier, m'informer sur moi-même, et, aujourd'hui, je suis contente qu'il y ait eu ainsi un témoin de l'état d'atrocité où j'étais alors. *Pour rien.* Je veux dire qu'à ce moment-là de ma vie et de mon analyse, je souffrais de « rien ».

Mon amour tournait à vide comme une machine emballée, devenue folle. Oui, je longeais le bord de l'abîme qui est en chacun, j'avais envie de craquer et de m'y précipiter tout en me l'interdisant de toute mon âme. (L'âme, ce que Dolto appelle « le témoin authentique de l'être », ne devient jamais folle.)

Je n'ai donc pas craqué. Cette amitié-là, si.

Quand je fus en état — après divers épisodes, comme dans un roman d'Alexandre Dumas — de me dresser pour de bon sur mes pattes arrière et de continuer seule mon chemin, je repoussai cette femme sous prétexte de « trahison ». Au moment d'une rupture amoureuse, elle avait, m'avait-il semblé, pris le parti de mon amant plutôt que le mien.

En fait, je cherchais inconsciemment à me débarrasser du souvenir d'une période trop affreuse qu'elle m'évoquait par sa seule présence. Rien que son nom, aujourd'hui encore, me fait frissonner de peur : cela ne va pas recommencer ?

Mais non, c'est fini. Tu es sortie d'affaire, et par tes seules forces !

Michèle m'apprit aussi que même une amie analyste ne peut pas vous aider. Il n'y a que vous pour faire le « travail », le grand travail de toute vie : le travail sur soi.

Merveille de constater qu'on y parvient !

Puis d'en tirer quelques conclusions...

Voilà quelqu'un, comme moi patiente puis amie de Françoise Dolto (bien des coïncidences nous rapprochaient alors), avec qui l'échange a été total, puissant, et si fécond qu'il a dû brutalement cesser. Pour, j'imagine, notre bien à toutes deux.

Des gens qui se sont trouvés au coude à coude dans quelque « tour infernale », ou un attentat, une prise d'otages, continuent-ils à se fréquenter ? Cela m'étonnerait, même s'ils conservent un chaleureux souvenir de ceux qui ont partagé l'horreur avec eux.

Il existe ainsi, dans notre vie, des amitiés qu'on peut taxer d'occasionnelles et qui sont condamnées d'avance. Les plus fortes, peut-être.

L'Histoire nous en offre des millions d'exemples.

Mais pourquoi se sont-ils fâchés, ces deux-là, songe-t-on avec regret en lisant le double récit de leurs vies : ils étaient si proches, ils s'aimaient tant, se correspondaient si bien ?

Justement...

Et si l'amitié n'était pas mon affaire ?

J'aime à dire que je n'y connais rien. N'en attends pas grand-chose, d'ailleurs. Ne suis pas une bonne amie.

La preuve, je l'ai dit : je ne me sens pas jalouse en amitié ! Ma « meilleure amie » du moment part-elle avec quelqu'un que je viens de lui présenter — ami ou amie — je m'en bats l'œil ! A dire vrai, je me sens même secrètement soulagée : voici des gens dont je n'ai plus à m'occuper, ils s'entraident, s'entretiennent, se soutiennent sans moi... Me voici libre. Pour quoi ? Mais pour l'amour !...

Cette aptitude à me débarrasser de mes amis sur quelque autre me vient-elle de mon implacable exigence ? Personne, à mes yeux, ne m'aimerait assez, ne saurait m'aimer « toute »... Ou d'une propension à m'occuper d'autrui ?

Si quelqu'un se décrète mon ami — moi, je ne déclare jamais rien de tel à personne —, je me dis : il va falloir que je fasse attention à lui, à elle, me souvienne de son anniversaire, ne l'oublie pas pour le Nouvel An, lui envoie des cartes postales si je voyage, apprenne par cœur le prénom du conjoint, de l'amant ou de l'amante, des enfants, des petits-enfants, le nom du chien, du chat, de la maison de campagne, de la servante, s'il en est...

Mon père tenait des fiches sur chacune de ses

connaissances. Je les ai conservées ; on y lit le nom, puis la date de naissance, de mariage, le nombre et les noms des enfants, les diplômes, éventuellement les décorations, l'adresse, les changements d'adresse... Un jour, une dernière date, suivie d'une croix : *mort* ! Mon père n'en conservait pas moins la fiche du disparu parmi celles des amis « en attente »...

Je ne suis pas loin d'en faire autant — sinon, comment retenir les avatars et la filiation de tout un chacun ?

Je sens qu'on s'indigne : « Pour vous, l'amitié n'est qu'un exercice de mémoire doublé d'une série de corvées ? Et le plaisir, et l'affection, qu'en faites-vous ? Ignorez-vous le dicton : « *Qu'un ami véritable est une douce chose...* » ?

C'est là que, pour moi, le bât blesse : qu'est-ce qu'un ami véritable ?

Simple, et en cela je ressemble à bien des chiens : pour moi l'ami, c'est la personne qui est *là* !

Tantôt c'est vous, tantôt c'est quelqu'un d'autre, et, comme j'aime les gens, j'éprouve un intense plaisir à la compagnie de celui ou celle qui me fait face après m'avoir embrassée — on s'embrasse beaucoup en Saintonge et dans le Limousin. Et qui me parle.

J'éprouve une immédiate affection pour tout un chacun qui me raconte sa vie. Tout m'étonne, m'émeut, m'enchante chez autrui : ainsi vous vivez ça, vous l'avez vécu ? Venez donc plus près, allons prendre un café, un thé... Je vais vous dire : à moi aussi il arrive la même chose... Et vous prétendez qu'une certaine personne — avocat, agent immobilier, médecin, prêtre, psy... — vous a porté secours ? Alors, donnez-moi son adresse. Merci beaucoup. Je vous tiendrai au courant du résultat...

La chaîne utile de l'amitié, ça oui, je connais !

Quant à mes amis de longue date, s'ils ne sont pas dans le même bain, ils ne me paraissent pas les mieux placés pour m'aider. Mes problèmes les

« barbent », et je les comprends ! Ils veulent qu'on rie ensemble, qu'on boive du bon vin, qu'on cancane (ivresse des dieux !). Je savoure trop ce plaisir que nous échangeons pour chercher à les ennuyer. Même mon ami médecin, je ne lui téléphone qu'en dernier recours, juste avant le *Samu*... Sinon, je lui épargne mes soucis de santé dans la mesure même où il se déclare mon ami.

Car les amis, pour moi, composent le cercle étroit de ceux avec qui je partage le divertissement, la « récré », et quand je vais vraiment mal — n'ayant plus goût qu'à mon lit —, je me rencogne sur la seule amie « véritable » que je me connaisse : moi-même !

Quel affreux caractère ? C'est bien possible...

Que de gens pourtant j'ai aimés, admirés plus qu'ils ne l'ont su ou ne l'ont cru, convaincus que je les ai oubliés alors que je vis avec eux, grâce à eux, dans la pensée et le souvenir de ce qu'ils m'ont dit ou appris ! D'où, peut-être, mon indifférence apparente aux amis d'aujourd'hui qui ont le tort de ne pas être assez présents, de n'être que des amis virtuels...

Loin des yeux, loin du cœur ? En amitié, pour moi qui suis, je le redis, comme les chiens, c'est ainsi !

En amour, encore plus.

Nous, les femmes, sommes affectées d'une étrange disposition à nous lier avec les satellites féminins de l'homme que nous aimons. Qu'elles soient la première épouse, la deuxième, la énième, ou la maîtresse, selon la place que nous-mêmes occupons auprès de lui.

Relent de harem ? Stratégie ? Ou remontée de cette homosexualité par quoi tout un chacun débute dans la vie et qui, même dépassée, nous revient par bouffées heureuses ?

Pour moi, je n'ai guère choisi mes amies parmi mes « rivales », comme les nomme le sens commun — sauf une fois. Mais je devrais raconter l'histoire à rebours, car c'est maintenant, vers la fin de la vie, que nous sommes devenues ce qu'on peut appeler des amies.

Je n'exposerai pas les détails de cette liaison et chacun supposera ce qu'il veut : j'évoquerai seulement la façon dont a évolué un sentiment au début négatif.

Tout commence par le hasard : un homme — que vous aimez — vous présente une femme avec laquelle il a l'intention de se lier, si cela n'est déjà fait, il vous impose sa vue, sa présence, vous oblige à collaborer, parfois à cohabiter avec elle.

Partage de territoire qu'une femelle commence par trouver détestable : elle tient à être l'unique !

Mais la puissance mâle en a décidé autrement et

un homme au pouvoir — quel qu'en soit le niveau — se contente rarement d'une seule femme en orbite autour de lui. Cette pluralité des « aides » féminines se voit couramment dans les milieux politiques.

Prenons l'épouse du « Président » (n'importe lequel) : on sait qu'elle ne peut prendre ses cliques et ses claques sans faire scandale et ficher en l'air la haute situation de son mari. Se conclut un pacte d'où résulte, pour l'épouse, un coude à coude forcé avec des femmes de son âge, moins âgées ou tout à fait jeunes, qui sont les assistantes, les secrétaires, les conseillères, les infirmières de son époux. Que dire, que faire ? Eviter de les remarquer et de leur adresser la parole, ce que la femme « trompée » tente au début — mais est-on encore trompée quand tout le monde est au courant ? —, prenant des grands airs. Attitude de dépit, épuisante et qui ne rapporte rien.

A la longue, lasse de s'agiter dans l'inutile, l'épouse du Président — ou du commerçant, ou de l'acteur, ou de l'avocat, ou du professeur de ci ou de ça — finit par se faire une raison, c'est-à-dire par accepter la présence de la dame en question. D'autant plus que l'expérience lui prouve : 1°) que cette femme-là n'est souvent que de passage ; 2°) que la culpabilité rend la personne extrêmement aimable à l'égard de l'épouse légitime, parfois même corvéable à merci...

Le temps passant, et si la « seconde », comme disait Colette, se maintient en place, des liens se créent. On fait les mêmes voyages, on partage des soucis et même des secrets concernant l'Homme. Chacune n'ignorant rien de ses manies, on finit un beau jour par en rire ensemble...

La vie s'écoule, le déclin approche, et si les deux femmes se fréquentent encore, c'est à la façon d'anciens combattants : pour évoquer le bon temps — avec qui d'autre le pourraient-elles ? — dans le souvenir des grands moments où l'Homme était au sommet de lui-même ! Si beau, si brillant, si supérieur...

Peut-être même en viennent-elles à se faire ce qu'elles avaient évité jusque-là : des confidences au sujet de ce que fut leur lien personnel avec l'« Empereur »... qu'il soit désormais mort, marié à une autre, ou en piteux état !

Au cours de ces rencontres à répétition, petit à petit, les femmes entre elles en viennent à parler d'elles-mêmes, du temps qui passe, de ce qu'il vous vole et vous apporte, des légers bonheurs, des grandes joies de l'âge — il y en a —, et, de thé en déjeuner, ce rapprochement dû à l'habitude devient une amitié infiniment respectable, fondée sur la durée.

La durée : le ciment le plus sûr pour souder les cœurs.

Une amitié de ce genre, j'en ai une et j'y tiens.

Il n'est que de fréquenter les cafés, les instituts de beauté, les coiffeurs, les cabinets de médecins, d'avocats, les salles d'attente, pour voir à quel point l'humanité est avide de se raconter à elle-même ! L'éperdu besoin de se confier, ne l'avons-nous pas tous au même brûlant degré ?

Je n'aurais pas été en analyse aussi longtemps si je n'avais moi aussi éprouvé, lancinante, sans cesse renouvelée, l'envie de mettre en mots mes petites et grandes histoires, comme elles m'arrivent, comme je les ressens.

Peaufinant, burinant l'image parfaite que j'aimerais donner de moi.

Comme tout un chacun. Car vous constaterez, en ouvrant grand vos oreilles, que celui qui se confesse ou se confie à un intime se prétend innocent en tout comme l'agneau qui vient de naître. C'est l'autre, son adversaire, son ennemi, son opposant, qui a tous les torts. Famille, amant, amante, mari, femme, administration, collègue, adversaire politique, agent de police : ils ont tout faux, j'ai tout vrai !

Nos amis courants sont là pour nous conforter dans cette idée que nous n'avons pas péché — ou si peu... — ni par omission, ni par mensonge, faiblesse, stupidité, oubli, fainéantise, avarice, orgueil, colère, luxure, etc.

A l'encontre, l'ami « véritable » serait-il celui qui vous aide à prendre conscience que vous n'êtes pas aussi impeccable que vous rêvez de l'être ? Qui parvient subtilement, patiemment, à vous faire admettre telle erreur dans votre comportement ? Qui vous amène à revenir sur vous-même : « J'aurais peut-être dû... Je ne me suis pas rendu compte... J'y suis allé un peu fort... Je regrette... Est-il encore temps ? »

Cet oiseau rare, il ne me semble pas l'avoir rencontré : tous mes amis (amies) m'ont chaque fois approuvée telle qu'en moi-même ! Jusqu'au jour où nous nous sommes perdus de vue...

Peut-être en avaient-ils marre de ma grande âme ? Et moi, de la leur ? Que disaient-ils dans mon dos ? S'ils savaient comme j'ai pu dégoiser sur eux...

Mais cela n'était pas méchant ! Juste pour se dénouer les nerfs, exercer son esprit critique, lequel, autrement, se rouille.

N'empêche, s'ils avaient entendu...

Mais peut-être entend-on secrètement tout le mal que nos amis disent de nous pendant que nous faisons de même à leur propos ? Même si nous ne le pensons qu'à peine et si la contrition nous fait nous jeter dans leurs bras dès que nous les revoyons.

C'est qu'on est diablement critique à tout âge, mais surtout à vingt ans ! On recense, ressasse les travers d'autrui avec minutie, hauteur, acrimonie, esprit parfois, rigolade toujours, comme des petits vieux déjà à la retraite. Tout y passe, et rien n'est absous !

C'est maintenant seulement — il est temps ! — que je prends mes amis tels qu'ils sont, convaincue par l'expérience qu'ils ne peuvent mieux faire. Moi non plus... Demande-t-on au lierre de s'élever sans soutien ? Au chêne de porter autre chose que des glands ? Au sapin de perdre ses feuilles, à l'acacia de ne pas bouturer ?

Les êtres humains sont des espèces vivantes, à la façon des plantes ; se faire autre qu'ils sont leur est impossible.

A prendre ou à laisser.

Je prends !

Quel est le premier geste d'un ami à votre endroit ? Allez, ne cherchez pas, il est tout simple : vous sourire !

Au coin d'une rue, dans une réunion, un lieu public, si nos deux véhicules, fût-ce des caddies de supermarché, se retrouvent côte à côte, ou lorsqu'il pénètre dans la chambre d'hôpital où nous végétons, on reconnaît d'emblée l'ami au fait qu'un vaste sourire, à nous seul destiné, illumine son visage ! Auquel nous nous empressons de répondre par un autre, tout aussi radieux.

Alors que les non-amis, croisés, parfois tamponnés, nous dévisagent d'un œil froid, et même sévère : « Que fait sur mon chemin cet humain que je ne connais pas ? »

Mais ce qui constitue l'ami, en sus du sourire, est plus difficile à définir.

Il y a déjà le fait qu'on a été « introduits ». Mais pas toujours : nous nous sommes « faits des amis » à partir d'inconnus complets pour avoir piétiné avec eux sur un quai de gare, voyagé dans le même autobus, attendu au café un ami déclaré qui, lui, ne venait pas. En revanche, les trois quarts des gens qui nous sont dûment présentés, avec éloges de part et d'autre, ne deviennent pas tous pour autant des amis. On hoche la tête, on échange quelques banalités, on tourne le dos et c'est fini : on se connaît, c'est fait, mais on n'en a rien à cirer, des amis de nos amis !

A quoi juge-t-on qu'un nouveau venu dans notre champ de vision mérite d'être plus qu'une relation ?

On entre là dans le mystère que constitue le désir humain. Tout joue en bon, ou en mauvais, en attraction ou en répulsion...

Le physique, d'abord : la personne nous plaît du fait qu'elle correspond à nos critères esthétiques, ou bien nous rappelle quelqu'un d'aimé, ou encore parce qu'elle est universellement appréciée. Actuellement, tout le monde ou presque se voudrait l'ami ou l'amie de Claudia Schiffer, de Catherine Deneuve, d'Alain Delon ou de quelque autre « star », parce que se promener à leurs côtés nous grandirait, croyons-nous, aux yeux d'autrui. Un ami doit nous valoriser : déjà parce qu'il est « beau », retient l'attention par son apparence, ensuite parce qu'il a des mérites solides, qu'il est intelligent, possède des diplômes, du prestige, du pouvoir...

Toutefois, ce qui nous incite à solliciter ou non l'amitié de quelqu'un est un mobile inconscient : la capacité que nous avons d'évaluer rapidement si nous sommes ou non *sur le même plan* que lui ! C'est pourquoi, même si par miracle on nous les a présentés, la majorité d'entre nous — celle dite « raisonnable » — ne cherchera pas à se lier avec Fanny Ardant, la reine d'Angleterre, Françoise Sagan ou Jacques Chirac. Pas la peine d'essayer ! On s'est peut-être serré la main, mais ça n'ira pas plus loin, on ne joue pas dans le même préau !

Un autre critère pilote les chercheurs d'amis et les divise en deux groupes : il y a ceux qui visent plus haut qu'eux-mêmes (même si ce n'est pas au sommet !), n'accordant leur amitié qu'aux « déjà arrivés » sur le chemin de la réussite... et ceux qui préfèrent ratisser plus bas, au-dessous d'eux !

Deux tempéraments bien distincts, entre lesquels

tous, autant que nous sommes, nous nous situons peu ou prou.

Façon de manœuvrer qu'on préférerait ne pas avoir à reconnaître parce que, dans les deux cas, elle n'est pas à notre avantage. Il faut être Balzac ou Proust pour oser la mettre en lumière, décrire avec génie le manège de personnages qui cherchent à s'allier les bonnes grâces de plus puissants ou mieux placés qu'eux. Dans le but plus ou moins avoué d'en tirer avantage, de marier ses filles, de progresser dans sa situation, d'être invité dans des lieux prestigieux... Cette pratique n'appartient pas qu'au passé. J'entends encore : « Il a une belle maison, un château superbe, tâche donc de te faire inviter... » Autrement dit : débrouille-toi pour t'annexer un ami de marque !

Face à ceux qui cherchent à progresser grâce à leurs intimes — quitte à les enjamber pour aller plus loin qu'eux ! —, il y a ceux qui procèdent tout à l'inverse : j'en connais parmi mes plus proches. N'aimant que dominer, pour ne pas dire écraser, ils repèrent d'emblée, dans une assemblée, la personne qu'ils vont pouvoir éblouir, attacher à leur char, lier à leur propre destin comme on s'adjoint une mule ou un moteur d'appoint...

Se targuer du dévouement de certains de ses amis comme d'un mérite personnel se faisait couramment dans mon enfance. « Il est bien brave et bien dévoué... », disait-on d'un air bon enfant pour justifier une fréquentation par ailleurs peu glorifiante. Car, fût-il d'origine modeste — ou à cause de cela —, l'ami dévoué se révèle parfois plus utile que l'ami « haut placé », lequel n'a guère le temps de s'occuper de vos affaires quand besoin est.

Les stratégies d'approche diffèrent. Pour séduire les puissants, il n'y a pas trente-six méthodes : la flatterie, la bonne grâce, la disponibilité — leur parler constamment d'eux, non de soi. Connaître par cœur leurs problèmes, ceux de leur entourage, jusqu'au nom du caniche nain et ses caprices ! (Le sortir faire son pipi...) Si j'en parle avec sûreté, c'est que je me suis surprise, à l'occasion, à jouer à ce jeu auquel je ne suis pas plus mauvaise qu'une autre !

Reste que, chez moi, cela ne dure pas : une fois les gens de la « haute » séduits, je ne sais plus qu'en faire. Ils vont, je le devine, bouffer mon temps, mon attention, ma vie, qui n'est pas extensible à l'infini, afin que je fasse partie de leur cour, punie au moindre manquement, c'est-à-dire rejetée...

C'est d'ailleurs pourquoi, fatigués d'avance d'être toujours celui ou celle qui se met en frais, beaucoup de gens préfèrent se constituer une cour bien à eux. Il y a toujours plus démuni, plus seul que soi ; quelqu'un qui n'en revient pas d'être choisi pour porter... vos valises ! Si la personne a été adéquatement sélectionnée, en un rien de temps elle fera vos courses, vous débarrassera des corvées, s'occupera des menus détails de votre train de vie, tout en chantant vos louanges haut et fort !

Nous connaissons tous de ces curieux tandems d'« amitié », parfois fort solides, car chacun trouve probablement avantage, le supérieur à être servi, l'inférieur à se parer des plumes du paon...

A notre époque où les domestiques n'existent plus — du moins ceux qui disaient : « Cet automne, *nous* prenons la Mercedes pour aller dans *notre* château du Médoc faire *nos* vendanges... » —, des couples d'amis bâtis sur ce modèle abondent. Bien étonnés si on leur révélait que c'est sur un rapport dominant/ dominé que fonctionne leur amitié.

Ne condamnez pas : aucun de nous n'échappe à cette comédie de l'esclavage consenti ; elle commence au collège ; selon les tempéraments, on jouera de préférence l'un ou l'autre rôle.

La plupart du temps, les deux. En même temps.

J'ai des amis que je me garde bien d'ennuyer en leur contant mes problèmes : ils voguent trop « haut », ou bien je sais exactement où arrêter mes confidences, car il faut quand même les distraire en leur narrant quelque épisode, parfois tragique, de ma vie, mais toujours sur le mode ironique... Donc, acceptable par eux, du moins jusqu'à ce qu'un bâillement — virtuel — m'avertisse qu'il est grand temps de passer à autre chose.

Par ailleurs, je sais moi aussi exploiter l'admiration d'autrui pour me faire aider. Accompagner. Soutenir. Pas longtemps : quelque chose, dans ma nature, n'aime pas être entouré. Je m'en suis aperçue très jeune : certaines de mes compagnes se constituaient une cour d'admirateurs qu'elles conservaient plus ou moins à leurs genoux, parfois fort avant dans la vie... Bien que ne manquant pas de succès auprès de la gent masculine, je n'ai jamais aimé être « collée » par qui ne comptait pas pour moi (ou pas assez...). Mon narcissisme n'est pas de cet ordre. Je ne fais pas mes choux gras de compliments que je sens « intéressés », destinés à m'attacher. Je préfère l'égalité. Ceux que je recherche, ce sont les gens avec qui je peux échanger des confidences — à tour de rôle —, partager de bons (ou de mauvais) moments. Qui ont toujours quelque chose à m'apprendre, et je sais, je sens que je leur apporte aussi.

De subtiles balances oscillent en chacun de nous et nous savons fort bien, à tout moment, de quel côté penche le plateau entre soi et l'autre. Dès que je m'aperçois que j'ai trop donné, ou au contraire que je suis en dette, je fais en sorte de rectifier : je nous veux, mes amis et moi, sur la même ligne.

Dans un constant labeur de réajustement.

Même l'amitié est un travail, comme tout ce qui fait partie du vivant.

Que fait-on avec un ami, qu'on ne fait pas avec quelqu'un d'autre ? En apparence, rien de plus : on se téléphone, se rencontre, s'embrasse, déjeune, s'écrit parfois, part même en voyage.

La différence tient à des nuances.

L'ami est un autre soi-même, en ce sens qu'on lui dit justement ce qu'on se dit à soi-même, parfois à mesure que cela arrive ou qu'on en prend conscience. Souvent, tôt le matin, j'appelle mon amie Sonia : « Tu sais ce que j'ai pensé ? » Et de lui débiter quelque idée qui vient de me traverser à propos d'un homme, ancien ou nouveau, d'un amour, ancien ou nouveau, ou sur moi, mon travail, mes désirs proches ou lointains... Comme elle connaît ma vie comme la sienne — ou presque —, la voilà qui approuve, combat, rectifie. « Tu as raison... », lui dis-je. J'adore dire à une amie ou à un ami qu'ils ont raison. Contre qui ? Mais contre moi, bien sûr ! Contre mon *ego* qui fait paravent entre la vérité et moi.

Un ami, c'est celui qui a la main assez douce, ferme, sûre, pour qu'on lui permette de toucher à cette chose fulminante et douloureuse : nous-mêmes !

Sonia aussi m'en conte : « Ce que je vais te dire là, je ne l'ai jamais dit à personne, pas même à mes sœurs... » Ce n'est pas seulement mes oreilles que j'ouvre alors, c'est mon cœur : mon Dieu, pourvu que j'entende juste... Pourvu que ma réponse lui fasse du bien !

Tout ce qu'elle m'a confié depuis plus de vingt ans et qui fait que je me suis formé une image d'elle est aussitôt présent : je suis « dedans ». Afin que ce qu'elle va ajouter, qu'elle n'aurait jamais dit à personne — un sentiment « mauvais », un doute, une jalousie — prenne sens et l'aide à progresser.

Croyez-vous que je songe à notre amitié à ce moment-là ? Pas le moins du monde ! Je ne sais même plus ce que c'est que l'amitié, je ne me dis pas : « Mon amie a besoin de moi », je me sens choisie pour aider un être à progresser en lui-même.

Quand nous y parvenons, moi aussi j'ai fait un bond en avant.

Puis c'est fini : « Il faut que je raccroche, j'ai un rendez-vous ! » ou : « Au revoir, on sonne à ma porte... »

La différence entre un ami et quelqu'un d'autre, c'est que l'adieu, la séparation se fait immédiatement, sans douleur : on sait que la communication n'est pas rompue pour autant, mais qu'il faut laisser l'autre courir à son urgence. Je respecte les urgences de mes amis.

Je me souviens de Françoise Dolto. Etait-ce son métier de psychanalyste ? Jamais je n'ai entendu ni vu quelqu'un rompre plus vite une conversation en cours. Vous vous retrouviez devant votre écouteur muet ou sur son palier avant d'avoir eu le temps de dire ouf !

Au début, j'en ai été vaguement blessée : je comptais donc si peu ? J'ai fini par apprendre que c'était un privilège : si elle brisait là aussi brutalement, c'est qu'elle se fiait assez à moi pour saisir qu'elle était pressée — d'agir, d'aider, d'être *utile*, comme elle disait.

Non seulement je comprenais, mais je m'en réjouissais !

Quand Sonia, Julie, Guy, Annick, Claude, Chantal, Françoise, Henri me disent : « Au revoir, il faut que j'y aille ! », et — boum ! — raccrochent, désormais je me réjouis : ils vivent à plein et savent que cela me met en joie !

Certes, on ne l'exprime pas. L'amitié, ses règles, ses codes s'apprennent à l'usage, par tâtonnements, essais, erreurs... Nous en commettons tous avant qu'une amitié s'installe et devienne à la fois si souple et endurante que rien ne peut plus la rompre ni l'entamer.

Ce qui n'empêche pas, à l'occasion, d'avaler des couleuvres ! Plus un ami devient proche, plus il vous en sort des vertes et des pas mûres, souvent sans même s'en rendre compte. Sans croire que cela puisse vous affecter !

Moi qui suis si susceptible — l'étais ! — que n'ai-je « encaissé », remâchant mon irritation : « Tout de même, quel toupet elle (il) a eu de me dire ça !... Aurait mieux fait de le garder pour elle (lui)... Est-ce que je sors des choses pareilles, moi ? »

Bien sûr que j'en débite, suggère ou laisse entendre, mais on se croit toujours blanc comme neige et animé des meilleures intentions du monde. Or l'amitié est soutenue, enrichie, vivifiée par tout ce que nous sommes, nos sentiments bons ou mauvais...

Parmi eux, la jalousie, mais aussi le goût de la revanche : on n'est pas des anges !

En classe, déjà, l'une de nos plus constantes occupations est de nous comparer. Hé oui, il n'y a pas que les garçons pour examiner mutuellement leur anatomie et se targuer d'un *plus*. Les filles aussi la ramènent dès qu'elles ont les cheveux plus longs, une poussée de seins plus précoce, une taille plus mince, des doigts plus effilés, des yeux plus larges... Et la longueur et l'épaisseur des cils, quelle affaire, d'autant que rien, pas même un savant maquillage, n'arrivera à dissimuler qu'on n'en est pas pourvue... Il faut faire avec cette infériorité-là. (C'est la mienne : je suis loin de posséder des mirettes de poupée Barbie...)

Heureusement, des manques se comblent, des défauts se « réparent », des moins deviennent des plus. Parfois parce qu'on y travaille, parfois sans qu'on y soit pour rien.

Que de renversements de situations n'ai-je pas vus au cours de mon existence ! Ceux qui sont nés au sein de familles fortunées se retrouvent ruinés, les brillants ne terminent pas leurs études, ceux qui sont partis en flèche se cassent la figure, les ravissantes le sont de moins en moins et c'est le laideron — ou jugé tel — qui finit par emporter les suffrages masculins... Fait un beau mariage... Devient actrice et se retrouve au firmament des stars !... L'idiote, ou jugée telle, écrit un best-seller !... Le barbouilleur se révèle un peintre coté !...

Dur, dur, quand ça n'est pas à vous que ce miracle échoit. (Je ne parle même pas de ceux qui gagnent au Loto : la voilà la victoire sur autrui à l'état pur !)

Divin, en revanche, quand on est celui ou celle à qui il est donné de savourer l'un des meilleurs plats que peut proposer la vie : la revanche...

Ce bonheur vient souvent sur le tard, quand vous avez un peu perdu de vue ceux qui vous avaient humiliés ou offensés. C'est de loin, de très loin que vous agitez le drapeau de la Victoire, en espérant qu'ils l'apercevront. Que, de leur strapontin, ils ont encore assez bonne vue pour distinguer que vous êtes au premier rang, voire sur la scène !

Rien n'est dit, mais comme le « sel » de la revanche assaisonne délicieusement le plat de la réussite !

Et puis il y a les petites revanches discrètes, celles qu'on prend au jour le jour sur ses meilleurs amis. Celui qui vous a dit que cette couleur ne vous avantageait pas, mais c'est en la portant que vous faites une conquête... Celui qui trouve de son devoir d'ami de vous déclarer que votre dernier « enfant » — un article, un discours, un tableau — est moins bon qu'à votre habitude, mais c'est cette production-là qui vous vaut un grand succès...

L'amie qui a fait du charme à votre nouveau flirt, l'a ravi sous vos yeux, voici qu'elle se fait plaquer, et c'est vers vous que revient l'infidèle ! (M'est arrivé...) Que c'est bon, que c'est bon, que c'est bon !...

Encore ? Vous sortez avec une amie « star » qui vous écrase de sa gloire — mais gentiment, comme un dû, son « acquis social », en somme — et voici qu'au restaurant, c'est vous qu'on prend pour elle ! (M'est arrivé...)

Autre coup classique, à peine amusant, mais qui avive quand même les couleurs du jour : la belle nouvelle voiture de votre ami tombe en panne et il vous demande de lui prêter votre « coucou »...

Votre meilleure amie était invitée chez les Fricfric, pas vous ; or c'est ce soir-là, seule au resto du coin, que vous faites LA rencontre. « Il te plairait, tu sais, juste ton genre, mais je ne te le présenterai pas tout de suite... »

Peccadilles, coups d'épingle... Aucun intérêt, pensez-vous ?... Si j'en parle, c'est pour éviter d'évoquer ces affreux changements qui viennent briser le cours d'une existence — la nôtre, celle de nos amis — et qu'on se refuse bien sûr à considérer comme des revanches. Et pourtant...

Vous n'avez pas d'enfant, et vos amis perdent le leur... Ceux qui sont en couple, alors que vous êtes célibataire, voient disparaître soudain leur compagnon... Et ces propriétaires — vous-même ne l'êtes pas — dont la maison brûle, est cambriolée...

Bien sûr, ce sont là des malheurs, des coups du sort, pas des revanches... Pourtant, si vous êtes honnête, là, tout au fond de votre cœur, vous ne pouvez vous empêcher, comme lorsque vous étiez enfant, de vous comparer à vos amis malheureux et de vous dire : « Ils étaient si sûrs d'eux, si fiers de leurs biens, ils en faisaient un tel étalage. Et puis... »

Et puis vous volez à leur secours.

Et les hommes ?

Suis-je capable d'amitié avec les hommes ?

A vrai dire, à mes yeux, un homme doit briguer d'être mon amant, ou alors c'est un malotru ! S'il le devient, il ne peut donc plus être mon ami, loin de là, et quand nous avons rompu moins encore...

Alors, point de solution ?

Si. Mais il y faut du temps, là aussi.

Après une première phase de déception — « Je ne lui plais donc pas physiquement ? » —, si le dédaigneux persiste à me fréquenter, je finis par me dire : « Il y a donc quelque chose en moi qui lui convient quand même... ? Merveilleux, mais c'est quoi ? »

Car je suis l'une de ces pauvres femmes — nous sommes légion ! — convaincues qu'un homme ne peut s'intéresser à elles, pardonnez-moi une crudité qui d'ailleurs est la mienne, que pour leur con. Ou leur cul.

Le reste, si l'on n'est pas sa mère, sa sœur ou sa grand-mère, il s'en fout !

Eh bien non : il y a des hommes — je le découvre, le temps aidant — pour s'intéresser chez les femmes à leur esprit, à leur parole, en somme à leur être.

A leur féminité.

Mais il a fallu — à moi à qui mon père a manqué durant mon premier âge — que certains de ces messieurs me l'apprennent... Contre moi !

Je ne téléphone pas la première, cesse de faire de l'œil dès que mes (discrètes) avances sont tombées dans le vide. Je n'embrasse alors que du bout des lèvres : puisqu'il ne veut pas de moi, c'est peut-être que je le dégoûte ?

Pourtant si, il veut de moi, puisqu'il me rappelle et me relance ! Ça alors, et pour quel usage ? Ce doit être parce qu'il a un vide, qu'Elle, la bien-aimée (le diable l'emporte !), est en voyage, absente, malade, trompeuse ou je ne sais quoi encore ?

On aurait donc besoin de moi comme bouche-trou ! Charmant...

Mais non, la suite le prouve : on a envie de te voir parce que tu es toi !

Moi, qu'est-ce que c'est que ça, *moi*, sans mes capacités de courtisane ? (Beaucoup d'hommes, surtout dans l'œuvre commune, m'ont prouvé que leur collaboration avec une femme passait par l'assaut sexuel, du moins pour se mettre en train, ce qui chaque fois me rassurait et me rendait plus apte au travail : « On me désire ? Tout va bien : je suis à ma place de femme, lui à sa place d'homme... Au boulot ! »)

Mais quand on ne me désire pas ?

Mamma mia ! Imaginez une courtisane, une prostituée, qu'on invite à dîner, puis qu'on dépose devant chez elle avec un chaste baiser sur le front... La voici bien mal à l'aise vis-à-vis d'elle-même, incapable de digérer son repas, fût-il excellent ! Est-elle en train de perdre ses moyens, sa valeur, ne serait-elle plus dans le négoce ?

Tant pis, je crache le morceau : la plupart d'entre nous ont encore ce préjugé — si l'on n'en a pas après notre cul dès qu'on nous a sorties, nous avons le sentiment de ne plus rien valoir...

Ne nous jugez pas mal, messieurs ! Des siècles d'esclavagisme sexuel nous l'ont fourré dans la tête, dans le sang, par tout le corps !

C'est l'une des raisons pour lesquelles les femmes

vieillissent avec autant d'appréhension. Puisque mon corps n'est plus sur le marché, face au monceau de chair fraîche qui ne cesse de débarquer, je ne suis plus rien.

Certaines s'en tirent par l'autorité — politique, financière — ou la notoriété d'un genre ou d'un autre... Les autres coulent dans le dédain d'elles-mêmes, le masochisme, le je-m'en-foutisme qui les rend effectivement de moins en moins attirantes pour le sexe opposé.

C'est aux hommes à nous apprendre qu'ils ont envie de nous « en tant que femmes », à tout âge, et pas seulement au lit !

Je suis infiniment reconnaissante aux quelques hommes qui, en me maintenant d'une main ferme à l'écart de leur couche et de toute caresse appuyée, me prouvent jour après jour qu'ils ont de l'affection, de la tendresse pour moi — mieux encore : de l'amitié !

Que je leur suis nécessaire en tant qu'amie-femme.

Mais à eux de me l'apprendre — d'emblée, moi, je n'y crois pas !

Il y a celui qui m'a dit : « Vous êtes dans mon cœur... » Celui qui me répète : « Je vous aime parce que vous êtes anticonformiste et que cela me fait du bien... » Celui qui me téléphone régulièrement, les jours de fête, le dimanche — aussi les petits jours de semaine — pour rien, pour savoir où j'en suis, pour m'« entendre »... De temps à autre, nous dînons en tête à tête et, lorsqu'il me quitte devant chez moi, je ne me dis plus : « Diable, il n'a pas accepté de monter prendre un dernier verre, donc il a rendez-vous avec une "vraie" femme... » Pour lui, je le sais maintenant, je suis une vraie femme : son amie. De cœur et d'âme, sur la durée.

C'est bien étrange, l'amitié entre hommes et femmes ; j'ai encore beaucoup à en découvrir. Le ménagement de l'un par l'autre, pour commencer. Il y faut de la pudeur, de l'attention à ne pas faire mal : les hommes sont facilement blessés par les propos d'une amie-femme ; son avis, son jugement comptent bien plus qu'elle ne l'imagine. Eux aussi se sentent plus fragiles, moins voulus, peu à l'aise dans des relations qui ne sont pas sexuelles. A quoi sont-ils bons s'ils ne donnent pas ce qu'on leur a appris à considérer comme le meilleur d'eux-mêmes : leur virilité agissante ? Hors sexe, ils se sentent encore plus nus qu'au lit !

En réalité, et il est temps qu'on s'en aperçoive, leur virilité est encore plus présente lorsqu'elle ne cherche pas à couper court pour aller au plus facile. Il leur faut alors se montrer plus fermes, plus présents et, d'une certaine façon, incorruptibles.

Un ami-homme se doit de rester votre ami même en cas de promiscuité subite ; sinon, tout vacille et s'effondre, en lui comme en vous.

Je vais conclure ce beau discours par une énormité, mais tant pis !

Tenez-vous quand même sur vos gardes, car, après vous être bien prouvé l'un à l'autre que vous étiez tous deux capables d'amitié hors sexe, il arrive que, lui devenu brusquement « veuf », et vous, « veuve », cette inaltérable amitié devienne, sur le tard, un amour !

Conserver un tel espoir tout au fond du cœur, n'est-ce pas le secret piment d'une bonne amitié entre homme et femme ?

Il nous arrive à tous de disposer en pensée de nos amis comme de pièces sur un échiquier ! Il y a la reine, le roi, les cavaliers, les tours, les fous, les pions, etc. Etant bien entendu que nous sommes le roi (la reine) !

Car il y a deux aspects à considérer chez nos amis, qu'ils soient liés ou indépendants l'un de l'autre : ce qu'ils nous apportent sur le plan affectif et ce qu'ils nous procurent sur le plan « intérêt » !

« Comment, vous avez des amitiés *intéressées* ? »

Oui, pas vous ?

Tous nos amis, par la force des choses, sont implantés dans un milieu, un type d'activité ou un autre. Il y a l'ami médecin, l'ami notaire — j'en ai même deux ! —, l'ami éditeur, écrivain, antiquaire, peintre, bijoutier, styliste, imprimeur, journaliste, restaurateur, avocat, décorateur, agriculteur, éleveur de poulets...

Je ne dis pas ça pour faire chic : pendant la guerre — j'y étais —, c'est fou comme tout un chacun s'est découvert un bon, un excellent ami fermier (ou boucher, boulanger...) ! C'était le plus cher, le plus chéri de tous, celui avec lequel on avait partagé d'inoubliables parties de rigolade, l'été, à la campagne, ou de pêche, ou de tout ce qu'on voudra... On se rappelait tout : le nom des enfants, des grands-parents, des chiens... Et si, par bonheur, on était le parrain ou la marraine de l'un des mioches, rien n'était trop beau pour ce filleul au moment de Noël ou de son anniversaire !

Dès lors, on pouvait compter sur un demi-cochon, une motte de beurre salé, des patates, entre autres trésors... de guerre !

Ma tante et moi évoquons encore notre si chère Emma et les autres habitants des Pettoreaux, petit hameau de Haute-Savoie, aux alentours de Megève, grâce auxquels nous ne sommes pas morts de faim, ni morts tout court !

Les revoyons-nous ? Non, bien sûr, on ne s'écrit même plus... Mais on ne les a pas oubliés, non, non, non !

... Je sais parfaitement, sur l'échiquier où je range, place et déplace mes amis, où se trouve qui, à tout instant de la partie que nous menons ensemble. Ce n'est évidemment pas parce que l'un travaille à tel ministère, que l'autre dirige une grande maison d'édition, que celui-ci crée des modèles dans une maison de couture, celui-là vend des œuvres d'art, que je les aime ! Non, bien sûr, c'est parce qu'ils me plaisent, que je leur plais et que je les ai vus « grandir » depuis dix ans ou plus ! Mais je n'oublie pas ce qu'ils sont, et eux non plus n'oublient pas où je me situe, dans tel jury, connaissant ci ou ça dans la presse, l'édition. (Que d'amis fidèles j'avais quand mon mari était directeur de *L'Express*, que j'ai perdus illico, après mon divorce et le journal vendu — mais c'est une autre histoire...)

Non, nous ne sommes pas abominablement intéressés, ni d'un épouvantable cynisme : c'est ainsi depuis que le monde est monde. L'union fait la force et nous avons besoin les uns des autres.

L'autre jour, j'étais à Jarnac — cela vous dit quelque chose ? — pour la commémoration d'une inhumation qui avait eu lieu, jour pour jour, un an auparavant. Eh bien, nous n'étions déjà plus très nombreux au cimetière ! Choquant ? Décourageant ?

Pas du tout, normal : qui n'est plus au pouvoir ne mérite plus qu'on se déplace ; ce qui n'empêche pas les souvenirs, l'amitié posthume, les regrets, la mélancolie... Mais à quoi bon faire le voyage, n'est-ce pas, dès lors qu'on n'a plus rien à y gagner ? Mieux vaut un chien vivant qu'un lion mort, dit la sagesse des nations.

Le réseau de vos amitiés ne se crée pas au hasard : il dépend de qui vous êtes, engagé dans quel combat, pour quelles fins... Du temps de l'aristocratie, les nobles s'appuyaient sur des fidèles qu'ils décrétaient leurs amis, moyennant contrepartie. Dans nos sociétés démocratiques, c'est tout pareil...

J'entends encore mon père : « J'ai un bon ami qui est au Crédit Agricole, tu devrais lui téléphoner de ma part, pour ton prêt... » Ou bien il avait un « bon ami » dans l'immobilier, ou dans le cognac — ah, les exquises bouteilles tirées du fût destiné à la consommation des proches ! Mon père avait même un ami qui fabriquait des charentaises... Il ne s'entendait pas mal, pour autant, avec des gens plus simples comme son cordonnier, son marchand de journaux, son pharmacien. Mais il savait placer ses amitiés comme ses économies, en « bon père de famille »...

Est-ce que j'en fais autant ? Peut-être, même si c'est avec moins de franchise et plus de subtilité... Je pense qu'il en va de même de mes partenaires : après m'être retrouvée quasiment sans chemise, au lendemain de mon divorce, j'ai regagné un cercle d'amis que je ne dois qu'à ma propre industrie. Ce sont les meilleurs. Ils savent où je me trouve, ce dont je suis capable, et ils ne crachent pas sur ce que je peux, au besoin, leur procurer.

Un mien cousin, entré fort jeune dans les affaires publiques, m'est là-dessus d'un excellent exemple : « Je rends toujours le service qu'on me demande, me dit-il, ce qui fait que lorsque j'en sollicite un, je l'obtiens aussitôt... » L'amitié — choquez-vous si

vous voulez, mais je ne vous croirai pas sincère !
— est aussi une agence de services.

Ceux qui ne jouent pas le jeu seront éliminés comme est croquée sur l'échiquier la pièce qui ne s'est pas protégée d'une autre, plus forte et mieux placée.

Ou d'un petit pion aussi méchant qu'efficace...

Je ne connais pour ainsi dire personne qui se refuse le plaisir de critiquer ses plus chers amis. En présence, bien sûr, d'autres chers amis...

Ce qui ne signifie pas qu'on n'aime plus ceux qu'on met si allègrement en pièces : on les aime mieux encore de nous avoir, à leur insu, procuré une si belle occasion de déployer notre talent. Car la critique peut se révéler admirable de férocité et de drôlerie !

En soi, le procédé est sain : ayant exprimé ce qui agace chez nos proches, on le leur pardonne du même mouvement. Le complice quitté, on se précipite chez celui qu'on a si vivement étrillé pour s'assurer que tout le bois cassé sur son dos ne lui a pas fait mal... Et de le bercer de paroles tendres, le consoler de ses éventuels malheurs, l'écouter avec encore plus d'affection nous raconter pour la centième fois la même histoire, afin qu'il ne reste aucune trace de nos coups, sur lui comme en nous.

Comment faire autrement ? De qui médire, sinon de ceux qu'on connaît à fond dans leurs habitudes, leurs entêtements, leurs revirements, leurs égarements... Cette opération exige un monceau d'informations, d'observations au jour le jour qu'on ne récolte qu'à la longue. (Au cours de traversées sur un petit voilier, par exemple, ou d'excursions sous la même tente en plein désert, d'un séjour commun dans l'Himalaya ou une maison de retraite...)

Le premier des reproches envers nos amis les plus chers étant la sempiternelle contradiction entre ce qu'ils disent et ce qu'ils font ! L'un veut maigrir et ne cesse d'engloutir des pâtisseries, un autre parle de quitter sa femme et l'emmène à Venise, un troisième consulte un régiment de médecins alors qu'il ne souffre de rien. Quant à celui qui se déclare enfin décidé à écrire son roman, il sort tous les soirs, ne rentre qu'à l'aube... C'est son droit, mais pourquoi nous bassine-t-il d'intentions non suivies d'effets ?

Il y a tant de sujets possibles de désapprobation et de blâme ! Celle qui se teint en roux flamboyant — « A son âge ! » —, l'autre qui garde ses cheveux blancs, lesquels lui vont si mal ; le riche qui porte des semelles trouées, le pauvre qui s'offre une Mercedes, le vieux qui épouse un tendron... Comment peut-on se comporter avec autant d'extravagance ?

Si on tente d'ouvrir les yeux d'un ami sur ses aberrations, il se moque bien de notre opinion. On dirait que, puisque nous sommes proches et aimants, notre jugement lui importe moins que celui des étrangers. D'où le besoin de nous plaindre à un tiers du fait que notre cher ami ne veut rien savoir ! (On se lamente de même à propos de ses enfants, de son mari, qui, tout autant, ne veulent pas nous « écouter ».)

« Tout le mal qu'Alphonse me dit de sa belle-mère, et, devant elle, plat comme une limande... » « Il se plaint de sa "bonne-à-tout-faire-bonne-à-rien", comme il la qualifie, mais il ne cesse de l'augmenter ! » « Il dit détester les croisières, et il en fait une tous les ans... » « Il vote à gauche et râle contre les nationalisations... »

Décidément, nos amis ne sont qu'un faisceau de contradictions, et, surtout — c'est ça le plus agaçant —, se complaisent dans la répétition de leurs errements. Ils refont tout le temps les mêmes bêtises, dans les mêmes circonstances, pour revenir s'en plaindre à nous dans les mêmes termes en implorant notre bénédiction !

Nos amis ne progressent pas avec l'âge ; ils régresseraient plutôt.

Consternant !

L'étrange est que l'ami(e) auprès duquel (de laquelle) on vide ainsi son sac n'a pas l'air de soupçonner qu'on en a tout autant à son service ! Dès qu'il (elle) aura le dos tourné, ce sera son tour de passer à la moulinette : « Vous savez qu'elle s'est tapé tout le monde quand elle était plus jeune ? » « Il a un goût prononcé pour les fruits verts... » « Quelle idée de ne pas porter d'appareil quand on devient sourd... »

Le plus souvent, c'est dit sans réelle méchanceté, comme un constat. Ce n'est pas notre faute si nous n'avons pas les yeux dans notre poche...

Et nous, alors ? Quand Pierre et Paul se rencontrent, n'est-ce pas pour nous faire notre fête, à notre tour ?

C'est d'ailleurs ce qui nous déculpabilise et nous permet de continuer à jouer au petit jeu qui consiste à dire du mal des absents avec les présents.

Dire du mal, voilà qui fait du bien !

Cela permet de ne pas laisser rouiller son jugement et son sens critique. Même dans les couvents, si vous saviez ce qu'ils déblatèrent les uns sur les autres ! Et dans les cercles politiques ! Sur les plateaux de cinéma, de télé ! Entre littérateurs ! Couturiers ! Artistes en tout genre ! Sportifs ! Les clubs, les associations... Les meilleurs amis, les plus intimes, s'écharpent les uns les autres !

Dans l'ensemble, cela ne porte pas à conséquence, c'est comme la vapeur qui sort en sifflant d'une cocotte-minute : cela lui permet de mieux fonctionner.

Et peut même se révéler du grand art ! Relisez Mme de Sévigné : le meilleur de sa correspondance, c'est la critique des faits et gestes, petits ridicules et grands travers de ses contemporains !

De nos jours aussi, un dîner au cours duquel on n'a dit du mal de personne est d'un fadasse...

Reste qu'il faut savoir vous y prendre pour ne pas apparaître comme un mauvais ami : frappez à coups de bons mots, de formules percutantes — les rieurs sont alors de votre côté ! Ou maniez des évidences telles que tous les présents s'accordent — et l'assistance de se retrouver mouillée avec vous !

Il arrive toutefois qu'un maladroit ou un vipérin vous révèle, mine de rien, ce que votre meilleur ami vient de dire de vous en public ou en privé...

Surtout ne pas vous fâcher : surenchérir, au contraire !

« Comme il a raison, c'est tout à fait moi, ça ! Incapable de prendre une décision. Depuis le temps que je me le reproche... Je crois que je vais aller voir un *psy* ! »

Divin divan : on y peut dire tout le mal qu'on pense, et pis encore, de soi et des chers siens ! C'est là que l'entreprise de démolition de nos plus proches amis atteint des sommets... sans pour autant parvenir à leurs oreilles ni les atteindre dans leur chair !

Car nous les aimons, nos amis, et si l'un d'entre eux, navré ou furieux, vient se plaindre : « Il paraît que tu as dit de moi que... », une seule solution : nier, nier, nier...

Pour se réconcilier sur le dos du vilain rapporteur !

La trahison en amitié... C'est ce qu'on peut rencontrer de plus destructeur après le manque d'amour éventuel de nos géniteurs, lequel peut aller jusqu'au désir de meurtre, avoué ou non.

Si ce coup de pied en vache nous affecte tant à l'âge adulte, c'est justement parce que la trahison de l'ami est ressentie comme la reprise de violences rencontrées dès le berceau. La répétition de l'assassinat moral du petit enfant que nous avons été et que nous restons au fond de nous.

Cette tentative de meurtre à notre endroit, nous l'avons tous subie, ne fût-ce qu'un jour, quelques minutes, une seconde, à l'âge où nous étions totalement sans défense : c'est la loi de la mise au monde.

« Ce qu'on t'a fait ! » me disait Françoise Dolto.

Ce qui explique qu'à l'adolescence — et même avant — nous sautons au cou du premier ami rencontré ! Enfin de l'amour, pensons-nous, pur, désintéressé, nécessaire, et qui sera conforme à notre attente, puisque celui-là, nous l'avons choisi. (« On subit sa famille, on choisit ses amis... »)

L'élan se révélant réciproque, cette amitié qui nous comble le cœur se prouve et reprouve tous les jours. Que de rendez-vous rapprochés, de correspondances torrentielles, de confidences inouïes, d'échanges de biens, de coups de téléphone interminables... Que de tendresse d'autant plus fiable et durable, croyons-nous, qu'elle est angélique, sans caresses, ou presque !

J'ai très peu embrassé mes amies, je n'y tenais pas et ne m'y pliais que comme à un rite qui, à part moi, me choquait — le corps devant être réservé à l'amour —, mais mon cœur se dilatait à leur apparition.

D'où ma sidération — la vôtre, j'imagine — face à la trahison amicale !

On s'y attend si peu... Est-ce que votre main gauche peut trahir la droite ? C'est tellement anormal et même monstrueux, hors de propos, inutile — d'ailleurs, pour quel motif ?

Il n'y en a qu'un, et de taille : la jalousie...

Elle est là, tapie, constante, aux aguets, à l'affût, se nourrissant de tout ce qu'elle entend, apprend, découvre, subodore, enregistrant le moindre détail de ce qu'elle peut surprendre ou qu'on lui confie. Bientôt gonflée, énorme, telle la grenouille qui veut se faire bœuf et finit par éclater !

Le prétexte étant généralement l'amour.

Vous êtes aimée, l'autre pas : crime insidieux, le seul que l'amitié ne peut pardonner !

C'est d'ailleurs pour cette raison que M.C. — ne la révélons pas davantage — m'abandonna en un moment où j'avais plus que tout besoin de mes amis. Je venais juste de divorcer, si je puis dire dans une totale candeur : ne soupçonnant pas les effondrements que ce changement social allait entraîner dans ma vie. J'étais faible, épuisée, à peine remise de ma tuberculose — à ce que je croyais, du moins : ces maladies sont traîtresses —, soumise de surcroît à une forte sollicitation amoureuse à laquelle, sur l'instant, je me trouvais incapable de répondre.

Un homme voulait m'épouser sur-le-champ. Sortant péniblement du lien conjugal, je ne me sentais pas en état d'en renouer un autre aussi vite !

Fierté, orgueil, mon amant (il l'était) le prit mal, si mal qu'après avoir claqué la porte — je revois encore son vif départ de chez moi —, il se mit aussitôt en ménage (sans l'épouser) avec celle que je prenais pour ma meilleure amie d'alors. Une fille ravissante, un top model que l'on considérait dans notre groupe comme l'incarnation de la loyauté, courageuse au point, par amour du pur et du beau, de se montrer d'une sincérité frisant la misanthropie (faut-il tout dire à tous et à tout moment ?). Inamovible, aussi, comme le fut plus tard Agathe, dans ses décrets et ses choix. Un comportement qui m'a toujours fascinée et séduite chez une autre femme : je suis tellement le contraire !

Car ce n'est pas à une règle que j'obéis — comme les religieuses —, mais à mon cœur, à mon « ressenti », lequel est sans cesse en transformation...

Toutefois, jusqu'ici, je n'ai jamais trahi une amie pour un homme. Je n'y prendrais pas plaisir et si je sens que s'accentue une invite amoureuse de la part de l'amant ou du mari d'une amie proche — l'intimité entre femmes favorisant le rapprochement avec le mâle du couple —, je me défile.

Une fois, pourtant, je l'ai dit, j'y ai consenti avec quelqu'un qui m'a effectivement sauté dessus ! Comme il me plaisait infiniment, je n'ai pas résisté, et nous nous sommes retrouvés tous trois brouillés, lui retourné penaud au bercail, sa femme me honnissant...

C'est pourquoi je devrais comprendre — et excuser — la trahison de M.C. : mon amant dut la solliciter jusqu'au tarabustage pour qu'elle allât vivre avec lui, et notre amitié ne pesa pas lourd devant ce désir d'homme rendu furieux par la blessure d'avoir été, à ce qu'il jugeait, repoussé !

Sans doute M.C. a-t-elle eu raison dans l'instant — tout bonheur est bon à prendre ; moi aussi, j'ai cédé à l'actualité sans me préoccuper du futur ! Toutefois, la suite de l'histoire lui a donné tort : des années plus tard, cet homme l'a lâchée tout aussi sec et sans plus de façons qu'il m'avait laissée tomber pour elle...

On ne se refait pas, dit le dicton !

En dépit d'un fort ressentiment — que j'éprouve encore aujourd'hui —, cette belle jeune femme, de ma taille, de mon genre, de mon âge, infiniment douée pour l'art et le dessin, me manqua des années durant : j'avais perdu une sœur.

Je m'en fis d'autres, comme je le raconte ici, mais je ne retrouvai jamais cette fougue de ma jeunesse, faite de confiance et d'admiration.

« Tu as donné le meilleur de toi-même, c'est pour cela que tu souffres tant », devait me dire Dolto à propos d'un amour en rupture.

Dans cette liaison fraternelle avec M.C., j'avais aussi accordé le meilleur de moi avant que l'expérience ne m'apprenne à protéger mon cœur et à économiser ses élans.

Fut-ce ma seule rencontre avec la trahison en amitié ?

Hélas non, il y eut, il y a la pire : la trahison de celle qui m'a été si longtemps la plus proche, la plus chérie... Suis-je même en état d'en parler ? Je dirai seulement que c'est une chose bien rude de découvrir qu'il y eut dès l'origine, dans votre berceau, une sorte de serpent qui attendait d'avoir pris des forces pour vous étouffer. Hercule sut s'en sortir en vainqueur : il écrasa le monstre. Pour moi, j'ai longtemps laissé les anneaux de la haine sororale m'enserrer jusqu'à l'étouffement...

Je ne pouvais y croire : elle va arrêter, s'apercevoir qu'elle se trompe d'objet, se tue elle-même en cherchant à me tuer... Mais non, comme dans un réflexe nerveux, une fois le spasme installé, il ne se relâche plus. En dépit des remontrances, des avertissements de l'entourage, des échecs évidents, de la destruction annoncée et effective...

Je ne décrirai pas ici cet affreux processus qui vous attaque au lieu même de votre élan vital. « Elle cherche à ce que vous tombiez malade, elle veut vous faire mourir », m'a-t-on souvent répété pour me mettre en garde, mais contre quoi ? Contre celle qui fut moi-même ?

Dois-je y voir une consolation ? De ces coups de hache, nécessaires pour trancher un lien qu'on peut dire pervers, je tire la confirmation qu'on est averti depuis le début de ce qui va vous arriver. Du jour même où elle est née, j'ai dû comprendre que cet être du même sang que moi allait me vouloir du mal. Pour quelle raison ? Sans raison, justement... Parce que j'étais l'aînée, autrement construite, en quête de ce qu'elle-même a toujours rejeté de toutes ses forces : la défusion.

Il lui faut demeurer en grappe, coagulée aux siens par une sorte de gélatine tremblotante comme, entre eux, les œufs de grenouille. Toute « perte » — ou fuite — d'un des éléments de son monde resté primitif la rend folle. Et c'est en folle qu'elle s'attaque alors à tout ce qui se trouve à sa portée, fût-ce à des morceaux de son propre corps. Dans une souffrance que je suis totalement impuissante à soulager et même à approcher. Pour elle, il n'y a qu'un traître en ce bas monde : c'est moi !

Quelle chose étrange, autant qu'elle est douloureuse, de s'apercevoir que, plus on avance sur son propre chemin, plus on est considéré par les siens comme ayant trahi.

Cela ne devrait pas m'étonner. Dans le cahier que je tenais à quinze ans, j'avais écrit d'un trait de plume :

Et maintenant la petite fille allait partir toute seule sur la route. Elle avait tout abandonné, tous ces faux amours qui l'enchaînaient pour enfin bondir vers le vrai, vers l'unique : celui qui ne supporte pas les partages.

Et n'ayant que son espoir, elle avait tout quitté — un espoir si grand, si fort que désormais elle n'aurait pas pu supporter de demeurer en arrière parmi les autres...

Tout avait glissé loin d'elle, la vie matérielle, ses médiocrités quotidiennes et obligatoires, les robes, les livres qu'on aime, les fleurs, les joies de son corps lorsqu'il se roulait sur le sable ou s'allongeait dans l'eau pâle, les songeries douces ombrées de musique, les pensées claires, les sourires des garçons, les amertumes... Oui, insensiblement tout s'était détaché d'elle et maintenant elle avançait sur la route brûlée de soleil, sans autre compagnon que son espoir, son désir.

Elle n'avait même plus peur, elle savait qu'elle n'était plus elle-même et qu'elle n'avait rien à craindre.

Elle croyait même parfois obéir à un appel plutôt que s'être décidée seule.

Elle marchait, à peine touchée par le soleil intolérable, le soleil qui ravage sans cesse les espaces clairs de la réalité, les déserts féroces qui mènent aux sommets et aux sources. Elle n'enviait pas ceux qui étaient demeurés sous les ombrages faciles des vallons doux et monotones...

Elle n'était pas de leur race, elle voulait l'absolu.

Depuis qu'elle était toute petite, elle avait toujours cherché le plus beau, et continuerait toujours. Elle continuait.

Encore une heure, encore un jour, encore un effort... Elle n'était pas encore bien loin, et elle pouvait apercevoir en se retournant ceux qui lui faisaient signe à l'orée des grands arbres.

Mais elle ne voulait pas se retourner.

Chacun de nous a le pressentiment de son destin du fait qu'il est inscrit dans notre être à l'instar de l'ADN. Notre avenir gît en nous depuis le premier instant de notre conception. Notre liberté consiste à utiliser le mal qui nous est échu pour en faire un bien... Certains se démènent pour aboutir à l'inverse.

Ma sœur, ma chère ennemie...

Est-ce la raison pour laquelle je ne peux pas, ne peux plus être tout à fait une « bonne amie » ?

J'ai la méfiance, comme d'autres ont la haine.

L'un des plus voluptueux moments de la vie est celui de la confidence.

Ah, mes plus vieilles et encore belles amies me confiant au coin du feu leurs aventures de jeunesse ! Je me crois dans un roman de Balzac ou de Stefan Zweig. Délectable !

Il est des lieux pour cela, des heures de la journée. On goûte mal les confidences du matin ; meilleures sont celles de l'après-midi ; tout à fait délicieux les aveux du soir, qu'ils se fassent au crépuscule du jour ou à celui de la vie !

Les messieurs — car eux aussi en font — sirotent alors un cognac millésimé, et nous, les dames, un doigt de porto, voire un thé à la mandarine ou au jasmin.

Tout humain est un conteur-né, mais il ne donne sa pleine mesure qu'au moment choisi de la confidence. Car s'il y a de l'abandon lorsqu'on livre quelque chose de soi jusqu'alors caché, il y a aussi de la peur.

La révélation va-t-elle se retourner contre soi ?

Et c'est la peur, toujours, qui fait qu'on se surpasse !

Que va devenir, entre des mains étrangères, cette pauvre confidence nouvelle-née ?

En ce qui me concerne, je puis vous le dire tout de suite : *du roman* ! Tout ce qu'on m'avoue, me révèle, sur soi ou sur autrui, se retrouve, se retrouvera dans mes livres ! Que je le veuille ou non, car transmettre est mon destin...

Je trouve si drôle, si divertissant, si merveilleux ce que vous m'avez conté de vos audaces et de vos plaisirs. Et vos malheurs m'ont tellement émue. Comme s'ils m'étaient arrivés à moi-même !

Telle est la puissance de la confidence : s'ils sont bien évoqués, c'est *pour vous* que les événements se produisent ! Vous voyez pénétrer l'amant imprudent dans la chambre où ronfle le mari. Et vous en tremblez de frayeur... Vous aussi êtes horrifiée quand votre amie avoue avoir découvert le sachet de drogue dans le tiroir de son fils, ou constaté que son époux est parti avec la jeune fille au pair ! Quand ce n'est avec l'employé du gaz...

Pour l'écouteur, quel merveilleux... non, pardon, quel horrible moment !

On vous reconnaît bien là, allez-vous me dire : encore du sexe et du cul !

Mais lequel d'entre nous n'a pas feuilleté les grands romans pour n'y dévorer que les scènes d'amour ? Quitte à revenir ultérieurement sur les « descriptions », les affaires d'argent, d'ambition, de crime et de mort...

Car, à côté du sexe, il y a la mort — laquelle survient par le crime plus souvent qu'on ne le dit.

Et nous voici entre amis, au coin du feu de l'imagination, reconstituant ce qui s'est sûrement passé : « C'est elle qui l'a tué, il n'a pas supporté qu'elle l'oblige à se séparer de sa maîtresse, et c'est alors qu'il l'a faite, sa crise cardiaque...

— Et qu'est-elle devenue ?

— C'est elle-même qui me l'a dit : "Enfin, me voici libre !"

— Riche, de surcroît ?

— Elle a hérité de tout ; son mari n'avait pas rédigé de testament. En réalité — mais garde-le pour toi —, elle m'a laissé entendre qu'elle en avait trouvé un, et l'avait fait disparaître ! Sa vengeance : ainsi la maîtresse n'a rien eu, leur enfant non plus, alors que lui était sur le point de le reconnaître...

— A n'y pas croire ! Avec ses airs d'angelote soumise à son "bonhomme", comme elle disait... Cela me rappelle un cas semblable dont j'ai été le témoin direct. Mais je ne l'ai jamais révélé à personne...

— Cela ne sortira pas de cette pièce ! »

Et d'ouvrir aussitôt sa fenêtre sur le monde extérieur : « Quand je vais raconter ça à Eliane — ou à Armand, ou à Jean-Paul —, qu'est-ce qu'ils vont s'amuser ! »

Car une confidence est un cadeau ! Lorsqu'on le reçoit, on n'a plus qu'une idée : en faire don à son tour... Et l'affaire de courir, de s'ébruiter, jusqu'à se banaliser au point de ne plus valoir la chandelle d'une nuit de veille.

Il faut alors trouver autre chose.

Il y a toujours autre chose.

Je n'en reviens pas de ce qu'arrivait à me conter mon père, passé quatre-vingt-dix ans, sur des amis ou des membres de la famille, ni sur ce que me révèle ma tante une fois qu'elle a dégusté son petit whisky *malted* !

Il y avait donc encore tout cela dans le fond de leur pot ?

Moi aussi, il y a des choses que je n'ai encore jamais confiées à personne, sauf à mes livres, et sous déguisement !

Et je n'ai pas dit mon dernier mot : quand je sens que le temps s'étire, entre une amie et moi, au cours d'une soirée dans un chalet de montagne isolé, ou si nous avons pris ensemble un wagon-lit et que nous n'avons pas sommeil, je me lance dans un début d'aveu, puis le reste vient tout seul...

A quoi bon mourir en emportant ces croustillants trésors qui ne nous servent plus et peuvent encore causer tant de plaisir à autrui ? Nous ne sommes pas des Egyptiens, pour nous faire enterrer avec !

Quel bonheur, alors, de voir des yeux s'arrondir, d'entendre des « ah » et des « oh » !

Mais l'excitation ne dure pas plus qu'une fusée de feu d'artifice ou le grésillement des allumettes qu'enflamme l'une après l'autre leur petite marchande. Le silence et le froid reprennent le dessus et vous vous sentez plus nue, plus pauvre d'avoir dispersé vos derniers secrets.

N'ayant plus rien à donner.

Que vous-même.

C'est là que s'éprouve la véritable amitié. Si votre vis-à-vis continue à vous entourer de la chaleur de sa présence, de son intérêt, d'une constante sollicitude, c'est qu'il vous aime pour ce que vous êtes. Bien au-delà de ce jeu de miroirs aux alouettes que sont — vraies ou fausses — les confidences.

Lâchés sous le coup de l'émotion, certains aveux sont si intimes que, d'un même accord, on n'en reparle plus. N'empêche qu'ils subsistent entre amis comme des fondations — sans confidences, pourrait-il y avoir de l'amitié ? — d'où monte un incessant murmure : « Je sais que tu sais, et tu sais que je sais que tu sais... »

Il arrive que nous regrettions d'avoir confessé certaines faiblesses, erreurs, des gestes ou des actes qui nuisent à l'idée que nous nous faisons de notre *nous* actuel — on a droit au changement, que diable, et à l'absolution ! —, si bien que nous préférons ne jamais plus revoir l'ami dépositaire du forfait. On s'imagine, en le rayant de sa vie, supprimer du même coup ce dont on l'a gorgé comme s'il n'avait été qu'un sac de lest.

Sacrifice inutile : plus vous vous éloignez d'eux, plus vos ex-amis — surtout si vous devenez « puissant » — remâchent la pâture que vous leur avez abandonnée en guise de cadeau d'adieu : « Savez-vous qu'une fois, il a... Il est même allé jusqu'à... Oui, il a osé, je peux vous l'assurer, *c'est lui qui me l'a dit* ! » Se jugeant relevés de leur discrétion du fait que vous ne les voyez plus ! Dès lors, vos confidences s'en vont galopant de prairie en prairie comme le secret des oreilles d'âne du roi Midas !

Un autre leurre consiste à s'imaginer que les amis

ont « oublié » — la preuve en étant qu'on ne revient guère avec eux sur la fameuse, parfois dangereuse confidence !

Quelle erreur !

Et que mes amis et amies ne se fassent non plus aucune illusion : je me souviens précisément de tout ce qu'ils m'ont confié, surtout sous le sceau du secret ! Cet aperçu sur le fond de leur cœur m'est trop précieux, il me sert à bien des usages — en fait, peut-être au même : mieux comprendre la nature humaine, donc mieux les comprendre, et mieux me comprendre...

Cette sainte-nitouche a donc trompé son mari avec l'employé des wagons-lits, un soir de folie aventureuse ? Ou avec son beau-frère ? Ou son beau-père ? (Fréquent)... Cette autre a eu des abandons avec des femmes, dont son employée de maison, ravissante par ailleurs ?

Car le plus gros des confidences est d'ordre sexuel.

C'est, en tout cas, celles dont nous nous souvenons avec le plus de complaisance.

Il est d'autres aveux, bien sûr, et en tout genre. Certains concernent l'ascendance : le père était enfant naturel, soi-même on a été adopté, ce qu'on n'a appris que sur le tard... Le grand-père a fait de la prison, la grand-mère le trottoir... etc.

« Pas possible ! » dit-on, l'air surpris — en fait, passablement lassé, car on se moque bien de la généalogie de ses amis, on préfère leur actualité. D'autant plus que, n'étant pas analyste, on ne voit pas très bien ce que ces faits d'autrefois impliquent pour aujourd'hui.

Plus « interpellantes » sont les affaires de maladie : il y a eu de la « vérole », de la syphilis, de la tuberculose dans la lignée de notre ami ; il y a maintenant le sida ! Nom d'un chien ! Nous voici sur l'œil : et si lui-même était contaminé ? Attention aux bisous trop rapprochés... Du coup, on compatit, on se renseigne, on « suit » l'affaire de près.

En revanche, les avortements ou même les enfants naturels dissimulés nous affectent peu : ce n'est pas contagieux. On a seulement envie de soupirer, comme Zola un jour de piètre inspiration : « *Ah la vie, la vie, la vie...* »

En réalité, vous surestimez votre capacité d'indifférence : plus jamais vous ne pourrez voir votre ami sans penser à part vous : « Sa grand-mère a fait le trottoir ! Et elle a avorté en cachette à l'époque où c'était encore un crime... »

A quoi ça vous sert ?

A la possession !

De savoir ce que d'ordinaire il dissimule, vous avez le sentiment d'avoir prise sur quelqu'un... Non que vous ayez l'intention de l'utiliser contre lui, mais c'est comme une « clé » ; vous pouvez ouvrir des portes et pénétrer jusqu'au cœur de la cité interdite : sa conscience ! Ce qui vous permet de prévoir et juguler une éventuelle révolution de palais. Contre qui ? Mais contre vous... Plus il vous est proche, plus votre ami vous apparaît comme une place forte que vous avez intérêt à occuper !

Dès lors, vous vous jugez habilité à proclamer : « Mais non, il n'a pas pu faire ça ; sinon, il me l'aurait dit... Je le connais bien, croyez-moi ! »

Faux...

J'ai travaillé en analyse pendant des années, j'ai lu beaucoup d'écrits sur le sujet, des ouvrages théoriques ou relatant des cas cliniques. Ce qu'il m'en reste, c'est qu'on ne sait jamais ce que recèle même un analysant : l'inconscient dévoilé change de refuge, modifie ses symptômes ; on croit quelqu'un « guéri » parce qu'il ne se gratte plus le nez, mais que se gratte-t-il d'autre ? *That is the question...*

Mes amis analystes sont les premiers à me surprendre par leur innocence et même leur naïveté à l'égard d'eux-mêmes.

Reste qu'en savoir plus long que les autres sur quelqu'un vous confère un sentiment de sécurité.

A tort !

Tout âme a son secret, tout être a son mystère... On le sait pourtant, et si l'on s'endort un tant soit peu dans le confort — c'en est un — de l'amitié, en amour l'interrogation est constante : que va-t-il faire ? qu'est-il capable de *me* faire ? ment-il quand il prétend dire la vérité ? et qu'est-ce que la vérité, pour lui ?

Vous vous posez mille questions sans réponse, vous observez le comportement de votre amant : que signifie le fait qu'il soit toujours exact ? ou, au contraire, toujours en retard... Préfère-t-il le champagne, le bordeaux, mange-t-il avec ses doigts, dit-il du mal de ses « ex » ?... Vous notez tout...

Dans le but d'établir des fiches, comme mon père ?

Ou dans une tentative impuissante de vous prémunir contre le danger que représente cet inconnu qui vient d'entrer dans votre vie ?

Car tout être avec lequel on établit une relation d'amour — on en fait très tôt l'expérience —, s'il nous donne bien du plaisir, risque de nous torturer.

Il en va de même en amitié : l'ami est en position de vous trahir, soit en racontant exactement ce que vous lui avez confié, soit en faisant subir une distorsion à l'image de vous-même que vous vous efforcez d'offrir aux autres. Il peut également vous faire souffrir en vous rappelant sans cesse un épisode de votre passé que vous lui avez imprudemment révélé dans l'espoir que la confidence tombe à côté de son oreille — dans la profondeur de l'oubli !

Comme s'il existait une déontologie de l'amitié...

Hélas non : un ami, aussi bon écouteur soit-il, n'est jamais un analyste.

Voilà un point qu'il s'agit de ne pas négliger.

Avec cet autre : une amitié se « gère »...

Tout nouveau, tout beau !

Il arrive que nous nous comportions avec nos amis comme avec nos petites affaires et que nous nous vantions illico d'une rencontre comme nous adorons exhiber un foulard ou un manteau neufs ! Reléguant ce qu'on a déjà beaucoup porté dans le fond du placard, parfois dans le grenier, quitte à le ressortir plus tard si on ne l'a pas refilé aux compagnons d'Emmaüs...

« Comment pouvez-vous comparer des amis, même anciens, à des vêtements usagés ? Les vieux amis sont les meilleurs, les plus solides, les plus précieux... »

En théorie, oui, mais en pratique ?

L'amitié a ceci de commun avec l'amour qu'elle témoigne de notre pouvoir de séduction. Etre capable, passé un certain âge, de se faire encore des amis, regonfle l'ego, fortifie le narcissisme ! Alors on se rengorge et avertit tout le monde : « J'ai un nouvel ami ! » On l'a rencontré sur la plage, au club de gym, chez les Untel, au bureau ou à la piscine de la thalasso... Une personne a-do-ra-ble...

Et à qui raconter cet exploit, sinon aux vieux amis ? Je l'entends de certains des miens, assorti du défilé des mérites supposés de la « nouvelle tête » !

Mais ce n'est plus comme au temps de mes vingt ans où la fureur me chamboulait ! L'expérience m'a appris à jouer l'étonnée, et même l'intéressée par le

nouvel arrivant, puis à attendre la suite : le dégon-
flage quasi inévitable.

Non qu'on ne puisse plus s'attacher à personne,
passé un certain âge — cela m'arrive encore —, mais,
avant de pouvoir dire : « J'ai un ami », il y faut les
dix ans de probation.

Et, en dix ans, bien des choses ont le temps de se
passer. Changement de lieu, d'activité : on ne prend
plus ses vacances au même endroit, on ne joue plus
au tennis, mais au golf, puis au bridge, puis à rien
du tout... Si l'on n'est pas tenus ensemble par des
décennies de souvenirs communs, des monceaux de
confidences échangées sur le vif, on s'aperçoit que le
nouvel ami n'était qu'un partenaire et que le lien se
défait dès l'instant où on ne joue plus au même jeu.
Comme pour les acteurs, réalisateurs, techniciens
qui participent à un film : tout le temps du tournage,
surtout s'il est exotique, on est les meilleurs amis du
monde ; on se dit tout, se soutient, rit ensemble, se
sent plus proches que les doigts de la main. La dernière séquence mise en boîte, c'est fini. Comme si
l'ultime clap signifiait la fin de l'épisode « Amitié » !

On se retrouvera peut-être à l'occasion d'un autre
casting — ou bien jamais. On a échangé ce qu'on
avait à échanger, et l'éphémère proximité qu'on a
connue ressemble à celle des passagers embarqués
sur un même navire : elle dure ce que dure le voyage.

Toutefois, on fait désormais partie des souvenirs
d'autrui, lequel vous encarte, avec la date, dans ses
albums de photos, et c'est une chose bien étrange
que de subsister dans les petits papiers de gens qu'on
ne revoit plus...

Je conserve dans des classeurs intitulés AMIS non
seulement des photos de mes anciennes fréquentations, mais aussi de celles qui ont partagé un temps
la vie de mon père, de ma mère, ou même de mes
grands-parents. J'ai appris à les reconnaître : « Ah
ça, c'est Germaine ! » dis-je devant un petit cliché
jauni d'une femme que je n'ai jamais vue. Ou alors

c'est le Dr Jean Faure..., un ami de mon grand-père mort avant que j'aie eu l'âge de le rencontrer ! Au risque d'encombrer mes placards — incapable que je suis de déchirer l'image d'une figure humaine —, je range leurs photos dans le classeur AMIS en inscrivant leur nom au dos, si je le sais, pour qu'après moi on puisse encore les identifier.

Mais qui s'intéressera à ce souvenir des amis des amis des amis... ? Seule la beauté désuète du cliché, le style des vêtements, du véhicule, de l'ameublement, risque de retenir encore l'attention.

Pourtant, quel regard ils nous envoient d'outre-tombe ! *Tu quoque*...

Il m'arrive de me sentir plus proche de ces inconnus dont je me suis fait des amis à manipuler ce qu'il en reste — il y a aussi des lettres — que de ceux qui furent véritablement les miens ! Comme si ces gens qui ne me sont rien m'étaient reconnaissants de ne pas les avoir jetés à la poubelle.

Est-ce que je me trompe ?

Qu'est-ce qui fait qu'une relation amicale, après quelque dix ans de preuves et d'épreuves, devient une amitié confirmée ? Dans nos régions de vin de bordeaux et de cognac, on me dira : la façon dont le sentiment a bien ou mal vieilli en fût...

La métaphore est amusante, mais n'explique pas tout : au vieillissement indispensable d'une amitié, il faut un élément supplémentaire, volatil, impondérable, telle la part des anges, que je me suis lentement apprise à distinguer : *un goût de vrai !*

Le vrai pour soi, le vrai envers l'autre.

Non qu'on soit obligé de tout dire à un ami, on a le droit de garder par devers soi certains secrets, et même les plus gros ; mais il est nécessaire que ce qu'on confie repose sur du vrai. Pour cela, il faut être dans sa propre vérité, ou à sa recherche.

J'ai lâché ou fini par éviter des gens que je fréquentais depuis longtemps, parce qu'ils étaient par trop mythomanes. Racontant leur vie, les faits de la vôtre au besoin, avec une fantaisie qui peut amuser mais qui, moi, me lasse. Plus exactement : me laisse sur ma faim.

Est-ce l'âge, mais je n'ai plus envie de me dire en écoutant un (ou une) ami(e) : est-ce là un rôle qu'il (ou elle) joue ? une création de son imagination ? ou est-ce la vérité toute nue ?

On me dira : mais les mythomanes sont sincères,

s'ils inventent c'est pour embellir la réalité, et, sans eux, il y aurait moins d'art sur la planète !

Ecouter un fantaisiste, un artiste, éventuellement de génie — j'ai rencontré en tête à tête (mais oui !) Dali, Sartre, Céline, quelques autres du même acabit — me divertit, comme tout un chacun, mais ne m'attache pas. Le fond de mon être a besoin d'un soubassement authentique, même si c'est moins drôle. Sans doute est-ce pour cela que je suis si souvent dans la solitude : je n'éprouve pas le besoin de courtisans ni de bouffons, de ces elfes qui agitent des clochettes pour, croient-ils, vous retenir par le bruit qu'ils font !

On ne m'attache que par des accents venus du tréfonds.

Bien sûr, on ne connaît pas la vérité à toute heure — surtout pas la sienne — et, si c'est le cas, on n'a pas toujours envie de la livrer, fût-ce à sa meilleure amie, c'est-à-dire à « moi » !

Mais c'est comme l'orientation vers le nord d'une aiguille aimantée : on est à sa recherche, pointé dans sa direction, et cela se perçoit.

Beaucoup de mes amis — pas tous, rassurez-vous ! — sont ou étaient analystes, comme Serge Leclaire, Françoise Dolto ; d'autres — je le découvre parfois des années plus tard — ont suivi un traitement. « Des fous ! vont s'exclamer les mauvaises langues. Vous n'acceptez pour amis que les fous ! »

Non, des gens en quête de leur vérité par-delà la souffrance.

Et, au moment où l'on me fait l'aveu d'un passage, bref ou long, en analyse ou en psychothérapie, je me dis : « Mais je le savais, je l'avais entendu dans leur voix !... »

Car il y a, chez quelqu'un qui s'est livré à un travail de recherche sur soi, un accent reconnaissable entre tous... La « note bleue », dit Alain Didier-Weill, un ami — toutefois il n'a pas encore passé les « dix ans » ! — analyste et musicologue à la fois.

Peut-être suis-je comme les analystes, moi aussi, on ne me séduit pas par une danse du voile, il me faut un attachement rigoureux et constant à la vérité.

Le mot « rigoureux » évoque les grands froids, et c'est vrai que ce n'est pas toujours marrant de se maintenir dans l'absolu désertique du vrai... Brrr ! Cela consiste en premier lieu à savoir à tout instant que nous ne sommes que de passage. Dans la vie les uns des autres comme dans la nôtre... Re-brrr !

Toutefois, c'est uniquement sur ce soubassement que peuvent se fonder des unions *ad vitam aeternam*. Sur la couche polaire — mortelle/immortelle — de l'être...

Certains de mes amis, qui sont encore à mon égard dans la séduction, l'éprouvent peut-être : c'est plus fort que moi, quand on part dans des élucubrations, fussent-elles talentueuses, je coupe court, romps, m'écarte. Cela me « barbe », et même m'indispose.

Revenons, dis-je implicitement, aux tout petits faits vrais de votre vie et de la mienne. Tâchons de nous y maintenir, de nous y conserver. Bâtissons ensemble une modeste cabane d'amitié où il fera bon se retrouver au chaud, le grand hiver de la vieillesse enfin venu !

Comme il y a des liaisons dangereuses, il existe des amitiés dangereuses. La plupart des adolescents en sont avertis par leurs parents : « Attention, ce garçon (ou cette fille) ne me plaît pas, il (elle) risque d'avoir une mauvaise influence sur toi — Mais c'est un(e) ami(e) !»

Comme si le terme « ami », beau mot en vérité, blanchissait tout, désamorçait tout.

Or, qui nous entraîne sur les mauvais chemins, si ce n'est les amis ? Déjà par les livres, eux aussi des « amis ». Mais qui nous les prête, nous les recommande ?

C'est un ami de seize ans qui m'a incitée à lire Nietzsche : *Humain trop humain.* Ma foi catholique, qui commençait à vaciller, s'est évaporée comme neige au soleil sous les féroces paroles du penseur-poète. (Elle a repris forme autrement, qu'on se rassure !) Il y a l'ami qui m'a fait découvrir Freud, l'amie qui m'a mis *Histoire d'O* entre les mains, celui qui m'a entraînée écouter Lacan, celui qui m'a présenté Sartre, Genet, tous les « diables » de ma jeunesse...

Il y a toujours un ami à l'origine d'une nouvelle aventure de l'esprit, lequel entendait partager avec vous ses découvertes, ses admirations, ses révoltes...

En réalité, où est le danger, sinon en soi-même qui « marche » ou ne « marche » pas ?

Comme pour l'alcool, la cigarette, la drogue.

Il est rare que ce soient vos parents ou vos maîtres qui vous initient : c'est toujours un ami, généralement de votre génération. Mais il y a aussi les amis plus âgés qui bénéficient du prestige de l'expérience.

« Comment, tu n'as jamais bu de whisky ?... Tu n'as jamais fumé ?... Un joint ne fait de mal à personne, au contraire ; il élargit le champ de la conscience... Ne t'en fais pas pour tes excès de vitesse, j'ai un ami dans la police... »

Car les amitiés dangereuses forment une chaîne.

On se laisse convaincre pour ne pas mourir idiot et parce que c'est un ami qui le propose... Ensuite on y prend goût, et on continue — ou pas du tout... Cela ne dépend que de soi, car un ami — sauf s'il s'agit d'amitié amoureuse, mais c'est une autre histoire — n'est pas un tyran. Il n'exerce d'autre autorité sur nous que celle que nous voulons bien lui concéder. Pourtant, son influence sur notre présent, parfois notre avenir, peut se révéler déterminante. Corruptrice. Suicidaire.

Déjà à l'adolescence, où l'on est en quête de révélations fulgurantes, bouleversantes. L'amour en est une, mais il en existe d'autres. Les amis vous entraînent dans des virées de tous ordres. Sexuelles et mortellement risquées depuis l'apparition du sida. Périlleuses d'une autre façon : en mer, en montagne, dans l'air... Sans compter les fugues.

Seul, on n'irait pas aussi loin, on n'aurait peut-être pas l'idée d'aller tâter de l'extrême. (Je me revois jouant avec mon équilibre sur le bord d'un toit, moi qui ai le vertige ! Et combien de mes amies, par ailleurs « bien sous tous rapports », m'ont avoué avoir volé à deux ou trois reprises dans les grandes surfaces...)

Que de mères, désespérées par la disparition de leur enfant ou par l'acte délictueux qu'il a commis, gémissent : « C'est un ami qui l'a entraîné ! »

Comme si c'était une excuse !

Je le répète : le danger ne réside pas dans nos amis,

il est en nous. Nous devons être capables de juger de ce qui est bon pour nous, mais aussi *de qui* est bon pour nous. Ne le faites-vous pas tous les jours, sans même vous en rendre compte, repoussant le tentateur d'un geste et d'un « non » fermes ?

Parfois c'est difficile : le « corrupteur » — on disait autrefois le diable, le démon — se pare de tous les attraits de la séduction. Il minimise le danger, grossit le plaisir escompté, laisse entendre que si on résiste, c'est qu'on est un « petit », un lâche, un pusillanime, que nous le décevons, qu'il ne va plus s'occuper de nous...

L'entraînement vers le mal peut aussi se dérouler sans explication, presque en silence : « Viens, tu vas voir ! » Et nous voici embarqués dans une voiture trop rapide, conduits en des lieux inconnus où une épaisse fumée cache d'abord le spectacle, lequel se révèle scandaleux. Mais pas plus que ce qu'on voit de nos jours sur nos écrans, ce qui fait qu'on est en quelque sorte en pays de connaissance. (Qui n'a vu un drogué se piquer à mort dans les sordides « chiottes » d'un lieu public, n'importe qui étrangler n'importe qui après l'avoir lardé de coups de couteau ? Moi qui pourtant me protège, j'ai vu tout cela et bien d'autres scènes dont je vous fais grâce !) On a l'habitude de l'horreur — du fait de la télé — et l'habitude est aussi l'un des charmes de l'amitié, qui lui permet de vous mener là où elle veut !

Des amies, d'ordinaire réservées, m'ont raconté comment elles se sont retrouvées dans des lieux de « partouze » — ne mâchons pas nos mots — sans même comprendre comment elles y étaient parvenues. Entraînées par des ami(e)s !

Il n'y a pas que le champ de la perversité sexuelle ; il y a aussi le domaine financier. La plupart des beaux et grands messieurs qui se retrouvent de nos jours mis en examen peuvent alléguer — et ils ne s'en privent pas : « C'est un ami — haut placé — qui m'a dit de le faire... »

Il ne s'agit, à entendre ce genre d'ami, que de mœurs courantes, tout le monde se conduit ainsi, sauf les ploucs ; et d'ajouter quand vous avez un problème avec la loi : « Je vais t'arranger ça, laisse-moi faire ! »

La phrase sonne à nos oreilles d'une façon familière : « Laisse-moi faire », disait déjà Maman quand on s'était fait mal. Et de sortir le Mercryl, l'alcool, le coton : « Ferme les yeux, ne regarde pas, tu ne sentiras rien... »

On ferme les yeux, on ne sent effectivement rien, et on se retrouve devant un juge !

Oui, l'amitié, qui peut être la meilleure des choses, peut se révéler la pire. Elle vous mène à votre perte en vous tenant affectueusement par la main.

Au fond de l'Enfer que décrit Dante dans sa *Divine Comédie* si magnifiquement illustrée par Gustave Doré, l'on voit des groupes de damnés nus se tenir enlacés par les bras, le cou, et se tordre de douleur dans les flammes.

En vérité, des amis d'enfer !

Il n'y a pas que les entraîneurs au mal, il y a aussi les « suiveurs », et c'est là que le sentiment de fidélité, si admirable, peut se révéler pervers.

Il y a des gens prêts à faire n'importe quoi pour un ami ! A glisser avec lui dans la boue, l'illégalité et même le crime — dont le terrorisme — pour ne pas l'abandonner. Afin de partager les risques qu'il prend, même si, au fond de soi, on n'est pas d'accord : « Je ne vais pas le lâcher, c'est un ami ! »

Beau ?

Non.

Il n'y a qu'une seule fidélité digne de respect : celle au bien et à la vérité. En somme, à la morale qu'on porte en soi. Et si nos amis dérivent sur les mauvais chemins, nous ne sommes nullement contraints de les y suivre. A moins d'avoir un faible pour les mafias.

102

S'ils sont vraiment des amis auxquels nous tenons par le cœur, nous avons toutefois le devoir de les avertir que nous ne sommes plus de leur bord. Leur dire pourquoi, à nos yeux, ils font le « mal » et vont se faire mal.

Ce dont chacun d'entre nous a toujours une claire conscience, même s'il ne veut pas le reconnaître.

C'est pourquoi l'amitié, qui peut commencer dans l'idylle, n'est pas forcément de tout repos, ni le plus doux des refuges contre les férocités de la vie. Elle peut poser des cas de conscience, placer en face de dilemmes...

Ne serait-ce pas trahir que de laisser un ami s'enfoncer tout seul dans le noir ?

C'est le moment de se rappeler que nous ne choisissons jamais nos amis innocemment : secrète, inconsciente, une part de nous est en résonance avec ce qu'ils sont... Si vous avez des amis drogués, alcooliques, pervers sexuels, escrocs, c'est que vous n'êtes pas tout à fait indifférents à leurs penchants. Eux agissent mal, vivent l'enfer « à votre place ». Vous, vous y participez — plutôt lâchement — par amis interposés.

Tenter alors de sauver un ami, de le ramener à la raison — si c'est possible —, c'est vous sauver vous-même. Et, s'il n'y consent pas, au lieu de couler avec lui, délivrez-vous plutôt de la part de vous-même qui se veut complice !

Vous ne le souhaitez pas ? Vous ne pouvez pas ? Vous refusez de « rompre » ?

C'est vrai, il y a l'amitié-spectacle : on regarde les autres vivre ce dont on se préserve soi-même, préférant parfois se servir d'un ami comme d'un bouc émissaire.

C'est même assez fréquent : nous en avons tous un ou plusieurs, de ces amis que nous jugeons en voie de perdition, et nous nous apprêtons à pleurer hypocritement sur leurs malheurs quand le moment sera venu pour eux de payer l'addition !

En fait, ces amis-là nous sont bien utiles (et ce, depuis les petites classes) : c'est eux qui font les bêtises à notre place ! Souvent dans l'intention de nous éblouir, de nous épater et même de nous séduire !

Le plus dangereux des amis, dans ce cas-là, n'est pas parmi eux : c'est nous, silencieux voyeur du mal !

Et puis il y a mes amitiés d'aujourd'hui.

Depuis vingt, trente ans qu'ils perdurent, ces liens, au début légers, ténus, ont traversé vents et marée et se sont renforcés.

Au premier coup de chien — la même règle que chez les gens de mer s'instaure entre amis durables —, toutes affaires cessantes, on vole au secours de l'autre... Fût-ce en marmonnant que ce n'était vraiment pas le moment de se détourner de sa route, on sait bien qu'on ira ; d'ailleurs, on est déjà en chemin. L'amitié se révèle plus forte que toute autre nécessité, et c'est dans ces moments-là que le mot prend tout son sens : fidélité, solidarité.

Envers nos amis, mais aussi vis-à-vis de ce que nous pensons de nous-mêmes. Avec le temps, nos amis ont acquis de nous une image que personne d'autre ne possède ni ne peut nous renvoyer : forte et positive. C'est elle qu'il s'agit de préserver ! Nous en avons besoin, quand nous perdons pied par chagrin, maladie, malheur. Nous demandons alors que quelqu'un nous aide à la restaurer dans son meilleur : « Viens me rappeler qui je suis ! »

Seul un vieil ami le peut.

Je revois mon père, à plus de quatre-vingts ans, mal en équilibre sur ses jambes arthritiques, prenant toutes les semaines le métro, puis l'autobus pour aller voir son vieil ami, sans enfants, sans famille, dans sa maison de retraite de Levallois. Jean Lafarie ne vivait plus, je crois, que pour cette visite hebdomadaire, et mon père n'y aurait manqué pour rien au monde. Il fallut que son « bon ami » décède pour qu'il cessât l'exploit ; c'en était un.

Pour moi, ces visites d'amitié se passent aussi par téléphone. J'ai deux appels, presque quotidiens et fort matinaux : l'un à six heures, tandis que chauffe mon premier café, l'autre juste après sept heures. Deux femmes tellement différentes que c'est à n'y pas croire...

L'une vit depuis toujours dans son petit village du Limousin, seule, magnifique de courage et d'humanité. M'arrive-t-il un problème, une anicroche, un chagrin ? Je m'empresse de le lui raconter, elle sait à peu près tout de moi, ce qui lui permet, par gros temps, de me ramener à moi-même.

L'autre est une femme célèbre et plus qu'entourée — hommes, famille, amis, équipe — mais, à sept heures du matin, elle est seule. Vivre la célébrité est une tâche, parfois un fardeau, et nous en causons au petit jour. Elle me dit son corps, aussi, qui lui cause souci, ses inquiétudes sur son travail, sa création, son rapport aux siens... Dommage que nos conversations, quasi quotidiennes depuis plus de vingt ans, n'aient pas été enregistrées : on y verrait comment des femmes se constituent face à un monde de plus en plus féroce envers elles à mesure qu'il prétend mieux les accepter. Quel enseignement : la « libération des femmes » observée par deux d'entre elles, en temps réel et sur le vif !

De ces échanges, en sus du travail intérieur accompli, il ne me reste que des bribes... Des rires, aussi ! Il existe un protocole entre nous : nous ne nous quittons que sur une note gaie.

Quand nous nous voyons pour de bon, nous sommes certes plus heureuses, mais moins proches. Magie de la voix dans la nuit.

Mes amies du petit matin ont, sans se connaître,

une vertu commune : quand elles me disent : « Je te rappelle » ou « Je vous rappelle », elles n'y manquent jamais. Avec une exactitude que j'apprécie à sa valeur, car cela ne leur est pas toujours facile. Mais toutes deux savent, comme moi et sans que nous l'ayons formulé, que la fiabilité dans la promesse est le précepte de base de l'amitié.

On doit pouvoir être sûr de l'autre.

Comme de soi-même ?

Plus encore : il y a des arrangements avec soi qui ne vont pas entre amis ; ce qui est dit doit être dit.

Seules les personnes qui se plient d'elles-mêmes à cette règle sont devenues mes amis de fond.

Pour y arriver, autant que je l'avoue, on reste « en examen » très longtemps ! Je me laisse un peu faire la cour, je prends les cadeaux, les bonnes paroles, mais ne m'abandonne pas... Car si je peux me montrer facile en amour, en amitié, jamais !

Toutefois, j'ai aussi mes inquiétudes. Il m'arrive de me dire, à propos de femmes de mon âge qui, contrairement à moi, ont tout un entourage, enfants, petits-enfants, mari, parfois amants : « Mais qu'est-ce que je viens faire là-dedans, qu'ai-je à leur apporter ? »

C'est une autre amie, laquelle a gagné ses galons de longévité avec moi — bientôt dix ans ! — qui me l'a fait comprendre. Malade, elle me téléphonait presque tous les jours pour m'entendre, ne fût-ce que quelques minutes. Pourtant, il y avait autour d'elle son époux, ses filles. Quand je lui ai posé la question de savoir à quoi je lui servais — je n'osais pas toujours appeler la première —, elle m'a dit : « C'est différent... Il y a des choses qu'on ne peut pas dire aux siens, seulement à une amie... Des angoisses, des peurs... se montrer faible, tu comprends... Ton amitié m'est nécessaire ! »

Moi, nécessaire à quelqu'un ? J'ai senti le sol s'affermir sous mes pas. Ce n'est pas une image gratuite : le premier symptôme d'une angoisse qui m'a conduite en analyse, il y a trente ans, fut la sensation que le sol n'était plus stable, qu'il tanguait sous mes pieds... Cette précarité m'a duré longtemps. Puis elle a disparu. Peut-être parce qu'Eddie a eu le génie (elle n'en manque pas) de me dire que je lui étais nécessaire, malgré ses deux filles, ses sept petits-enfants, son époux, et tous ceux à qui, de par son métier, elle est indispensable.

L'amitié vous assure en vous-même.

Plus encore : vous ne devenez votre propre ami qu'à partir du moment où des amis vous font confiance et où vous savez que, quoi qu'il arrive, vous ne les trahirez pas.

Vous vous trouverez là pour les entendre et rester près d'eux. Jusqu'au bout.

Coup de chien ? Où sont les amis ? Comme il convient : chacun à « leur » place, celle que parfois vous ne leur supposiez pas...

Les plus flamboyants, ceux qui clament à tout-va qu'ils sont vos intimes, se retrouvent brusquement en voyage, suroccupés, disponibles seulement la semaine prochaine... Trop tard !

Leur amitié se dérobe face à la tempête.

C'est alors que surgissent les autres, ceux que, parfois, vous mésestimiez parce que moins divertissants, moins libres pour le plaisir, et, à ce que vous pensiez, pour le reste.

Voilà qu'ils sont chez vous dans l'instant.

Je me souviens de la mort de mon chien. Mambo s'est arrêté de respirer dans mes bras, sur un hoquet. Un coup de chien, c'est le cas de le dire. Pour moi, l'horreur. A la même seconde, le téléphone sonne. Abandonnant machinalement le cadavre, je vais répondre. C'est une amie, jusque-là lointaine.

« Ça va ?

— Mon chien vient de mourir.

— J'arrive. »

Une demi-heure plus tard, elle sonne à ma porte. Je n'avais pas bougé du tapis, serrant le chien qui se refroidissait contre moi. Claudie s'est occupée de tout, des « funérailles », mais aussi et surtout de moi.

M'emmenant boire un alcool fort et raconter ma vie avec le chien, tenter d'envisager ma vie sans le chien. Je monologuais sans même lui demander ce qu'il en était de son emploi du temps, qu'elle avait bousculé pour accourir. Afin de recueillir, soutenir ma douleur sans larmes. Un désespoir incompréhensible à qui n'a pas l'intelligence du cœur qui permet de deviner que la mort du compagnon quotidien, muet, ramène au jour tous les chagrins, tous les grands deuils de la vie. Et qu'il y a, dans cette séparation qui rappelle toutes les autres, quelque chose d'atroce.

Claudie est dans mon cœur, qu'on se voie ou non, qu'on mène ou non la même vie, qu'on parle ou non de la même chose. Nous avons en commun l'essentiel : la langue de la douleur.

Cela ne veut pas dire que je reproche aux autres de ne pas être là quand le ciel me tombe sur la tête !... D'aucuns ne « peuvent » pas. Moins en raison des circonstances que d'une disposition intime de leur être. Certaines personnes ne supportent pas la mort, par exemple, et s'écartent quand elle s'approche de vous. D'autres apprécient votre allant, votre gaieté, votre optimisme, dont ils ont besoin. Si vous êtes dans l'effondrement, à leurs yeux vous n'êtes plus vous-même, vous représentez un danger pour leur propre équilibre — souvent fragile —, et c'est en quelque sorte pour préserver leur lien avec vous qu'ils vous fuient... Ils ne vous reverront que lorsqu'ils seront assurés de vous retrouver tel qu'ils vous aiment.

Je le sais d'avance pour certains d'entre eux et je ne leur demande que ce qu'ils peuvent donner : pas plus, pas moins.

J'ai aussi des amis pour le voyage, le dépaysement — les amis de l'été, que je ne vois qu'en vacances. J'ai des amis pour la conversation, des amis pour l'art, les expositions, les courses (comme s'acheter des robes, matière ô combien délicate...). J'ai des amis à qui je confie des épisodes de ma vie auxquels ils vibrent pour avoir connu les mêmes. Ceux avec qui on peut parler divorce — l'avant, l'après — ou de la mort des parents, ce deuil irrémédiable. D'autres qui ont, comme moi, enduré des années d'analyse, s'arrêtant, reprenant, passant d'un analyste homme à une analyste femme : seuls ceux qui ont traversé cette « épreuve » (c'en est une !) peuvent comprendre ; inutile d'ennuyer les autres avec les remaniements de sa vie intérieure...

Avec certaines de mes amies-femmes — pas toutes —, je peux parler hommes, désir, sexe, coucheries. Parfois avec une crudité roborative. Laquelle cache cependant quelque mélancolie : ce fut, ça n'est plus ! Mais quelle crise de fou rire quand on s'aperçoit qu'à des années de distance — ou en même temps —, on a « eu » le même homme !

Car ce n'est qu'avec une amie qu'on peut se targuer d'*avoir eu* un homme — eux pensant l'inverse... —, la preuve en étant la façon dont on parle de l'aventure ! Et dont on y a survécu, gagnante aux points, croit-on !

J'ai toutefois des amies fidèles en ménage, auxquelles je ne veux rien confier de mon cheminement amoureux. Non qu'elles ne soient pas disposées à m'écouter — s'informer ? —, mais je sens que cela les remettrait en question. Et je n'aime pas troubler mes amies. A chacun sa voie, son destin. Et puis, un seul homme, cela m'aurait bien plu ! Ne m'a pas été donné.

Toutefois, j'aime flairer sur elles la douceur de la vie simple, quiète, imperturbée... Des femmes fidèles, il en existe plus qu'on ne croit.

Oui, j'ai des amis, des amies de tous ordres. Aucun ne remplace l'autre. Ils me sont tous très chers et nécessaires. Dans leur différence.

Moyennant ce point commun : tous sont honnêtes ! Avec la société comme avec eux-mêmes.

Il n'y a pas, à mon sens, d'amitié possible avec un être de mauvaise foi. Cela m'est arrivé pourtant

— comme à tout le monde — de me lier avec des gens d'autant plus séduisants qu'ils étaient troubles, trompeurs. Des amitiés qui vous conduisent au bord du pire avant que ne survienne — violente, inévitable — la rupture.

Une chose est certaine : pour quelque mystérieuse raison, on n'est jamais très fier d'une rupture amicale. On la dissimule et si une question indiscrète est posée : « Qu'est devenu ton ami Untel, on ne le voit plus ? », on a tendance à esquiver : « Il est occupé... Il a perdu sa mère... Il a des problèmes... »

Rarc qu'on déclare tout de go : « On s'est fâchés ! »

Une brouille entre amis, c'est comme un divorce : un double échec. Nous y avons, nous le savons, notre part de responsabilité.

« Il ne m'a pas remboursé l'argent qu'il me devait... On s'est disputés cet été sur le bateau... J'ai eu une aventure avec son mari (ou son épouse)... Il n'a pas voulu me vendre le bout de terrain attenant à mon clos... Il me demande trop cher pour le magasin... »

Tout ce qu'on peut alléguer pour expliquer l'éloignement n'est ni très joli ni absolument à notre avantage.

On préfère laisser les faits scabreux dans l'ombre.

Récemment, j'ai rencontré l'amie d'une amie qui s'est brouillée avec cette dernière, laquelle me l'a dit. Quel regard douloureux et interrogateur cette femme m'a lancé ! J'étais toujours une élue, alors qu'elle-même ne l'était plus... Qu'est-ce que j'avais donc de plus qu'elle ? De quoi, mieux qu'elle, étais-je capable ?

De rien, si ce n'est que je veille à éviter les fondrières qui s'ouvrent immanquablement sous les pas de l'amitié, laquelle déambule, comme l'amour, au gré d'une carte du Tendre. Grands élans, petits repos, disputes : tout s'y trouve, et l'on n'arrive que lentement jusqu'aux eaux calmes, à la mer de la sérénité. Ayant appris à esquiver les sujets de discorde, comme s'y emploient les vieux couples, pour ne cheminer au coude à coude que sur les terrains d'accord.

N'empêche, la rupture peut toujours survenir !

Les premiers symptômes en sont l'énervement, les piques, l'exaspération, la colère, et c'est dans ces moments-là qu'on est ravi d'avoir d'autres amis. Auxquels confier : « Si tu savais ce qu'elle m'a fait... Imagine-toi qu'elle m'a dit... Elle ne m'a même pas invitée à son raout annuel... Heureusement que j'ai bon caractère, je n'ai pas répondu ni rien manifesté... Tout de même, pour qui se prend-elle ? »

Ce déballage s'accroît d'autant plus qu'il enchante le confident, un peu jaloux de vos autres liens. Mais pas toujours. Certaines de mes amies me retiennent quand je m'irrite à propos d'une autre, elles modèrent mes excès, mes emportements, tentent de me faire voir les choses sous d'autres angles, du bon côté...

Je suis extrêmement reconnaissante à la personne qui joue ainsi le « médiateur », car rien — surtout pas les affaires d'argent — ne vaut de perdre un ou une amie. C'est démolir un édifice qu'on a mis bien du temps et de la patience à construire. Impardonnable gâchis ! Et qui peut se targuer que la vie donnera encore la possibilité de nouer un lien similaire et aussi précieux ?

Toutefois, il y a des cas où la brouille est inévitable, et même salutaire.

Plutôt que l'esclandre, je préfère alors m'éloigner sur la pointe des pieds, ravie quand la décision est réciproque : deux panthères roses qui s'éclipsent simultanément et sans mot dire dans des directions opposées... La brouille idéale ! Quand on retombe l'une sur l'autre, on échange quelques propos lénifiants : « Ça va toujours, pour toi ? — Parfaitement, et pour toi ?... » L'œil rivé sur la direction par laquelle on va s'esbigner.

On a fait son deuil de cette relation-là, qui ne convenait plus. On n'a plus rien à se dire ni à en dire.

Car si l'on peut trouver des motifs à une brouille amicale — il y en a toujours —, le fin fond de l'affaire relève de mystérieux glissements dans le tréfonds de soi. En bref, cette personne n'a plus les qualités requises pour jouer le rôle de votre ami(e), c'est-à-dire pour vous permettre de projeter sur lui (elle) image de vous-même qui vous occupe a ce moment-là.

Car pourquoi choisit-on pour ami(e) tel ou telle, si ce n'est parce qu'il (elle) incarne, à son insu, une part de nous-même en activité ?

Qui se ressemble, s'assemble, dit-on.

Nous projetons sur nos amis maints aspects de nous : des désirs, des regrets, des nostalgies que nous avons besoin d'apercevoir sur quelqu'un d'autre et de mettre ainsi au premier plan pour, en quelque sorte, mieux les considérer. Parfois, pour parvenir à nous en débarrasser, jetant alors le bébé avec l'eau du bain : l'ami avec ce qu'il représente de nous-même, que nous ne voulons plus voir ni savoir !

Le « travail » est alors terminé et on se sépare de l'ami comme d'un analyste qui a fait son boulot. *Ciao*, et merci pour l'assistanat !

Dans ma vie, j'ai eu des amis sportifs, mondains, voyageurs, danseurs, grosses têtes, tout ce que j'ai aimé être et ne suis plus ! Si eux-mêmes ont persé-véré sans changement dans la voie que nous suivions au coude à coude et que j'ai préféré quitter, nous n'avons plus rien à faire ensemble. Forcément.

Mes amis et amies d'aujourd'hui s'entendraient-ils si je les réunissais tous ensemble dans un même lieu ? Ou se regarderaient-ils en chiens de faïence ?

Pourtant, ils ont tous quelque chose en commun : ils incarnent chacun une part de moi qui n'a cessé de croître... Pour la résumer d'un mot : le goût d'aller vers plus de vérité par une continuelle recherche sur soi.

Certains le font dans la solitude, d'autres en pleine lumière. Certains écrivent, d'autres dessinent, discourent, créent, lisent, s'activent, bricolent, étudient ou ne font rien... Mais tous sont en marche. J'espère qu'aucun d'eux n'ira si vite, dans la voie qui nous est commune, qu'il en viendra à me laisser en plan...

Si cela arrive, ce sera tant pis pour ma lenteur !

Mais notre séparation ne prendra pas l'allure d'une brouille. L'heure n'est plus à la fâcherie avec ceux que j'ai rassemblés autour de moi pour le petit temps d'amour qui nous reste.

L'un des plus grands charmes de l'amitié, la condition de sa durée, c'est que, contrairement à l'amour, elle n'est pas mise en péril par l'habitude. Il peut s'y instaurer des rites quotidiens : on se retrouve tous les jours au même restaurant, au même club, sur le même lieu de travail, sur la plage en été. On fréquente régulièrement le même café, chante dans la même chorale, se donne des rendez-vous rapprochés... Mais on n'y est pas « o-bli-gé », comme dans le mariage ou le compagnonnage.

Le jour où vous déclarez à votre ami : « Je pars en voyage pour trois mois... Je change de quartier, donc de cantine... Je quitte mon boulot pour un autre... Je n'ai plus envie de jouer au bridge, de faire du yoga, d'aller en vacances à tel endroit... », il n'a rien à dire.

Si : il peut déplorer votre décision, objecter qu'elle est mauvaise, tenter de vous convaincre d'en changer, c'est même son rôle d'ami que de vous exposer le pour et le contre d'une modification dans votre style de vie (surtout amoureux) ! Seul un ami peut se permettre de vous faire valoir qu'à son sens, cette femme (cet homme) n'est pas fait pour vous et que vous avez tort de vous mettre ainsi en ménage... Mais il n'a nullement le pouvoir de vous en empêcher.

Cela ne le regarde pas !

Ce qu'il finit d'ailleurs par reconnaître : « Après

tout, je t'ai dit ce que j'avais à te dire, c'est ton affaire, fais ce que tu veux, je n'y peux rien ! »

C'est la qualité première de nos amis, qu'ils nous laissent libres de nos actes. Comme de nos pensées.

Pas tous ! Certains n'ont de cesse de nous imposer leurs vues et nous détourner de nos choix. Mais, si nous l'acceptons, c'est que nous aimons être dirigés, contrés, nous voulons qu'on décide pour nous, et c'est très bien ainsi : il est de notre liberté de ne pas souhaiter être libres.

La plupart d'entre nous préfèrent néanmoins, quoi que puissent penser leurs amis, n'en faire qu'à leur tête et selon leur cœur.

C'est mon cas ! Jamais je ne préviens mes proches d'une nouvelle liaison ou d'une rupture amoureuse, sauf quand le fait est si patent qu'il n'est pas question de le cacher. J'éprouve alors le besoin d'en parler et de me confier — et à qui, sinon à eux ?

Je ne les entretiens pas non plus de mes difficultés financières, sauf pour alimenter la conversation. Pourquoi les ennuyer avec des histoires de sous, si je n'ai pas l'intention de leur emprunter de l'argent ?

Pour la santé, c'est autre chose : les amis sont souvent de bon conseil, ayant subi la même chose, et connaissant parfois d'excellents thérapeutes. C'est par des amis que j'ai fini par rencontrer les spécialistes en tout genre qui me soignent et qui sont, de par leurs qualités professionnelles et de cœur, devenus aussi des amis. Que tous sachent ici que je les bénis pour leurs bons offices !

Même les psychothérapeutes à qui j'ai eu affaire m'ont été indiqués par des amis — et, une fois le traitement terminé, le sont devenus à leur tour.

Il y a aussi les « paramédicaux », dont je n'ai qu'à me féliciter : astrologues, magnétiseurs, voyants, herboristes, qui m'ont été recommandés par des amis, et quels bons moments j'ai passés avec eux : à parler de moi et, sans trop y croire, des « forces mystérieuses » qui sont censées nous régir. L'essentiel, me répètent-ils, est de renforcer mon « cercle d'amour ». Donc d'amitié ?

Tous — condition *sine qua non* de mon assiduité — me laissent libres de venir, de ne pas venir, de ne jamais revenir. Pour moi, la liberté de « fréquenter » ou de quitter est la condition première de tout attachement que je puis nouer.

C'est tout le contraire, chacun le sait, dans le mariage, qu'il soit légalisé ou non : on y a contracté l'obligation de « fidélité ». On doit à l'autre de rentrer le soir, de s'expliquer sur ses retards, éventuellement sur sa lassitude, ses silences, motiver ses choix — fût-ce celui de faire un tour à bicyclette...

Ne vivant pas en couple — mais tout n'est jamais que provisoire —, j'étudie avec intérêt la façon dont mes amis qui s'y trouvent négocient ce qu'il leur reste de liberté. Les uns avec une habileté confondante, les autres « en force » !

Dès qu'ils sont avec leurs amis, dont moi, tous et toutes reconnaissent qu'il leur faut bien de la patience et de la ruse pour arriver à se ménager quelque entracte : « J'ai convaincu Jules de s'inscrire à un club de vélo ; cela me libère mes dimanches matins... » ; « On se partage les tâches, c'est lui qui fait le marché, moi la cuisine ; comme ça, il disparaît pendant près d'une heure... » ; « Quand je veux vraiment être tranquille, je me couche, ferme à clé la porte de ma chambre et prétends dormir... »

Avoir du temps à soi, pour soi : tel est le problème crucial au sein du couple !

Comment on se le procure, l'aménage, l'impose, le chipe, le grignote... Tous les coups sont permis, mais dans l'autre sens aussi : celui ou celle qui veut à tout prix vous subtiliser votre liberté trouve le moyen de tomber malade juste le jour prévu pour votre « échappée belle »... Il n'y a plus qu'à s'incliner, et que de fois n'ai-je pas entendu au téléphone une voix navrée : « Je ne peux pas aller au cinéma avec toi (ou faire les soldes, les quais de l'île Saint-Louis, voir l'exposition des plantes à Courson...) parce que Jules (ou Julie) a mal à la gorge (une indigestion, du vague à l'âme...). »

Foutu, pour la récré !

Il n'y a plus qu'à en rire, tout en se disant *in petto* : qu'est-ce que c'est bon d'être libre !

Mais d'être seul ?

Car lorsque votre ami(e) se décommande, il ne vous reste plus qu'à vous prendre par la main et à vous traîner en solitaire au Louvre, au cinoche, aux Puces, chez *Angelina*, la divine pâtisserie de la rue de Rivoli, et qu'est-ce que c'est moins drôle ! Votre déception fait que vous espérez férocement que l'ami(e) empêché(e) saura faire payer au coupable sa tyrannie ! Lui enverra sa citronnade chaude à la figure, ou s'enfermera dans un lourd silence...

Telle est la loi de la permanence : elle a ses excellents, mais aussi ses pénibles côtés !

Alors que l'amitié, elle, ayant l'avantage du pointillé, ne procure que des moments de délices choisis...

Quand on n'a pas envie de voir un ami (parfois pour en voir un autre), si on ne se sent pas d'humeur, pas d'attaque, on se décommande, et comme vos amis sont de grande tolérance — c'est le cas de tous les miens —, ils vous approuvent : « Fais ce que tu veux ! »

C'est l'adorable côté de l'amitié de n'y faire que ce qu'on veut. Sauf, bien sûr, si l'ami(e) est malade, dans le deuil, le besoin... Mais, là encore, quand on accourt, c'est qu'on a choisi d'y aller, on n'y est pas « obligé » par contrat, comme avec un mari, un compagnon, que l'officier de mairie vous ait on non rappelé, en vous unissant, que vous vous devez mutuelle assistance.

Entre amis, l'assistance est un acte librement consenti !

Si vous vous y soumettez, vous en serez ample-

ment remercié. Au point que vous finirez par dire :
« Mais pourquoi me remercies-tu de ce que je fais
pour toi ? C'est tout naturel ! »

Alors qu'on n'a guère de reconnaissance, en géné-
ral, pour le conjoint qui s'est escrimé à porter
secours : « Toi, je ne te remercie pas, tu n'as fait que
ton devoir ! » L'histoire est célèbre...

L'amitié également comporte des devoirs, mais,
quand on commence à trouver que c'est trop, on a
toujours la faculté de s'esquiver — définitivement ou
jusqu'à l'embellie. Nul ne vous le reprochera : « Il
devenait vraiment une charge, tu as bien fait de ne
pas te laisser dévorer. Tu as ta vie à mener, ta
famille... Tes vacances à prendre... »

Douce amitié qui reste à l'écart de toute contrainte !

Si délectable qu'il arrive que des ami(e) s deve-
nu(e) s solitaires décident de s'installer ensemble !

Abominable erreur !

Tout l'enfer du couple, avec son cortège d'exi-
gences et de reproches — moins ses avantages —,
emménage du même coup !

Refusez de vivre à plein temps avec vos amis si
vous voulez qu'ils continuent à vous donner les
meilleurs moments de votre existence !

Chacun doit le pressentir, car ce genre d'association est assez rare. Sauf en famille où il arrive couramment que, sur le tard, deux sœurs se mettent
ensemble, ou bien une mère et son grand rejeton...

Quel aria ! Tout un roman !

Il y a, chez les tout jeunes et les encore jeunes, une formidable propension à prendre sans rien donner. A peine un bouquet de fleurs, et, par-ci, par-là, un compliment. Puis, ayant butiné, ils s'envolent.

Le mot « butin » traduit au plus juste ce que les jeunes viennent quérir auprès des personnes plus âgées : une substance dont — s'ils en sont capables — ils feront leur miel.

Par esprit d'imitation ou d'autodéfense, je fais de même avec eux.

Quand nous sommes en présence, je nous vois voletant comme de gros papillons, nous explorant mutuellement de nos trompes aspirantes. Dois-je le dire, fût-ce sans modestie : la mienne me paraît plus performante que la leur !... Face à un jeune, rien qu'à épier son vocabulaire, ses intonations, sa façon de se vêtir, je récolte de quoi réfléchir. Rêver. Imaginer. Construire. Je les devine plus maladroits que moi à m'utiliser, car se servir d'autrui comme moyen d'information sur le monde, s'acquiert. Peut-être sont-ils plus aptes à consulter *Internet*, mais je les bats pour ce qui est de reconstituer un milieu ou un caractère à partir de seulement quelques traits.

Comme un grand peintre, sur le tard, vous rend l'essentiel en trois coups de crayon.

Il faut bien qu'à quelque chose l'âge soit bon !

C'est pourquoi, quand je constate qu'ils ont disparu de mes fréquentations habituelles, c'est sans regret : j'ai tiré d'eux tout ce qu'il y avait à prendre, du moins pour le présent. S'ils réapparaissent dans quelque dix ans, il y aura peut-être du nouveau...

Quant à ce qu'ils font ou feront de moi sur-le-champ ou dans l'avenir, je ne m'en soucie guère, c'est leur problème. Pour avoir eu quelques mauvaises expériences, je m'en méfie !

Car il m'est arrivé d'être injuriée, vilipendée, ou « droppée » par quelque jeune de l'un ou l'autre sexe que j'avais cru bon d'écouter et de laisser venir à moi, croyant ainsi l'aider, tout esprit critique rentré comme un porc-épic rabat ses piquants. Quelle erreur que cette mansuétude !

S'il m'est donné de continuer à vieillir, j'hésiterai moins, désormais, à déclarer à la jeunesse ambiante l'effet qu'elle me produit. Cela lui sera peut-être plus profitable que la bienveillante neutralité que nous croyons tous nécessaire de lui prodiguer par pure démagogie : « Ah oui, tu fumes ? Intéressant... Quel goût ça a ? » Il vaudrait mieux y aller carrément : « Espèce de petit con, tu n'es qu'un futur pourri ! Tu ne m'intéresses pas, tu n'as rien à m'apprendre... »

On ne perdrait ni plus ni moins leur estime, qu'on n'a d'ailleurs pas, mais au moins jeunesse saurait ce que vieillesse pense d'elle !

Que nous ne l'admirons pas, et même de moins en moins.

Si je me laisse si peu aller aux élans du cœur que je pourrais avoir avec les jeunes, c'est que je les vois agir avec leurs propres parents : un égoïsme forcené.

Les géniteurs ne leur tiennent lieu que de vaches à lait qu'on ne remercie même pas. On les abandonne les jours de fête, seuls avec leurs ennuis, leurs pannes de voiture, leurs grippes, leurs chagrins. On ne réapparaît que pour fourrer les pieds sous la table, exiger un billet, chaparder un objet ou un vêtement à revendre. Pas tous, bien sûr : il y a dans l'humanité un quota de doués et même de surdoués du cœur. Leur génie se manifeste très tôt. A trois ans, certes — mais là, tous aiment Papa et Maman, car c'est vital pour eux. Si cela persiste à vingt ans, alors bravo : nous avons mis au monde ce produit rarissime, des êtres aimants !

J'en connais : ils sont la perle de l'humanité, ils vous aiment pour vous aimer. Parce qu'on est là, parce qu'ils ont plaisir à ce qu'on soit vivants, qu'ils savent être sensibles à nos singularités, à nos beautés secrètes et jusqu'à nos défauts...

Je vois des jeunes se montrer exquis avec de très vieux, devenus impotents ou caractériels. Sans rien en attendre qu'une sorte de satisfaction personnelle dont ils ne se vantent pas.

Cela m'arrive à moi, qui n'ai pas eu d'enfants, de sentir de jeunes affections — Dieu m'est témoin que je ne les encourage pas ! — monter discrètement vers moi, m'entourer, chercher à me protéger.

Faut-il appeler cet état de grâce « amitié » ?

S'il se révèle durable, alors je reviendrai sur mes préjugés envers cette amitié feu de paille que vous manifestent les jeunes. Laquelle, jusqu'ici, s'est surtout employée à me décevoir. Peut-être encore plus que l'amour.

Et puis il y a l'argent...

Comment osez-vous mêler l'argent à l'amitié ! s'indigne-t-on. Est-ce qu'on se demande, quand on a un ami, s'il est riche ou pauvre ?

Oui.

Ce qu'on « pèse » d'argent, dans notre société comme dans toutes les autres, est un des éléments de notre personnalité qui n'échappe à personne, et certainement pas à nos amis.

Même s'ils ne connaissent pas exactement le montant de nos revenus ou de nos impôts, ils voient fort bien comment nous dépensons l'argent. Ils sont aux premières loges pour soupeser ce qu'ont dû nous coûter les arrangements de notre appartement ou un nouveau manteau, admirer notre dernière voiture, savoir si nous voyageons en première, en Concorde ou en classe touriste...

Nous sommes en mesure d'apprécier les moyens financiers de nos amis et nous nous comportons en conséquence. Il y a des amis pour lesquels nous payons toujours quand nous les invitons à déjeuner ou à dîner, à qui nous proposons un séjour dans notre maison de campagne, ou de les héberger, au besoin, dans notre appartement. Il y a ceux à qui il ne nous viendrait pas à l'idée de le proposer, car on sait qu'ils sont bien mieux lotis chez eux, et, s'ils viennent sur notre lieu de vacances, qu'ils préfèrent le confort d'un hôtel trois étoiles à notre hospitalité dans notre « chaumière ». Ou ce qui peut leur paraître tel...

Car je sais bien que ma maison saintongeaise apparaît comme une petite maison un peu délabrée à certains de mes amis, et semble un palais aux yeux d'autres !

De même pour les cadeaux : plus les amis sont riches, plus il est impératif de leur offrir des objets de prix. Ils sont habitués au meilleur, et le parfum ou la boîte de chocolats qui va combler une jeune femme ou un jeune couple désargenté leur paraîtra à la limite du ridicule.

Dans ce cas, mieux vaut s'abstenir et se contenter d'envoyer ses bons vœux sur un joli carton.

Je le dis tout net : l'argent gêne, car il est toujours entre nous. C'est un des éléments qui fait qu'on ne se sent jamais tout à fait « au clair » avec ses amis.

Quand une personne riche — à vos yeux — vous dit : « Mes impôts, cette année, c'est effrayant ! », même si vous répondez par une sorte de borborygme approbateur, vous pensez à part vous : « Le montant de tes impôts est en proportion de celui de tes revenus. J'aimerais bien avoir les mêmes !... » Votre ami riche, ayant subodoré — facile ! — ce que vous pensez, ajoute d'un air plaintif et coupable : « C'est que j'ai tellement de charges... »

C'est vrai, plus l'on gagne, plus on se met en dettes, en quelque sorte, à coups de maisons, de pensions, d'enfants qu'on entretient, de lointains voyages qu'on entreprend... A quoi bon avoir de l'argent si l'on n'en profite pas en cédant à quelque dispendieux caprice ?

Vous, l'ami, vous êtes témoin de la façon dont certains lâchent parfois la bride à leurs envies pour bientôt la reprendre serrée, comment d'autres dilapident leurs biens jusqu'à épuisement, ou, pour certains, n'osent jamais rien : tout sera pour leurs héritiers...

Cela fait partie de leur caractère, de leur relation au monde, et, si vous les aimez, vous les prendrez tels quels, avec leur rapport à l'argent. Et même les approuverez dans la façon dont ils se comportent avec leur « cassette », car ils en ont besoin !

J'ai donc pris le pli de dire bravo à toutes les folies de mes proches. Aussi bien, si c'est le cas, à leur avarice.

L'une de mes plus chères amies — elle le sait parfaitement et le reconnaît la première — ne supporte pas de faire des cadeaux, bien qu'elle en ait amplement les moyens. On en rit, mais moi je sais qu'elle aurait le sentiment, si elle couvrait son entourage de présents, d'être moins aimée pour elle-même. Or, c'est ce dont elle a perpétuellement besoin !

Une autre, qui n'a pas du tout d'argent, ne peut venir chez moi sans m'offrir une fleur, un mouchoir, un de ces petits bibelots de verre dont elle sait que je raffole : celle-là aussi a peur de ne pas être aimée pour elle-même !

J'ai longtemps agi de même au point, quand je m'achetais quelque chose, d'acheter aussitôt la même chose à un (ou une) ami(e). Etait-ce une manière de culpabilité vis-à-vis de mon unique sœur qui m'y poussait ? Il fallait que quelqu'un eût la même chose en même temps, seul façon d'apaiser la divinité, ou l'ange qui pleure quand nous nous laissons aller au désir effréné de dilapidation qui nous anime presque tous.

Il m'a fallu des années d'analyse pour renoncer à cette manie et accepter de me présenter à mes amis les mains vides.

Mais le cœur plein.

C'est l'une des tâches que vous impose l'amitié : surmonter la différence de fortune entre vous et vos amis, afin que ce ne soit un obstacle ni dans un sens, ni dans l'autre.

Certaines personnes, hyperconscientes de cette difficulté, ne fréquentent par prudence que des gens du même niveau social qu'elles. C'est la règle aux Etats-Unis où l'on ne se regroupe et ne se fait des « amis » qu'en fonction de ses moyens financiers. Perdant vite de vue tout « failli ». Pour éviter, croit-on, l'aigreur et la jalousie.

Pourtant, rien n'est plus enrichissant que de fréquenter et aimer des gens qui ne jouissent pas des mêmes ressources que soi. J'ai des souvenirs éblouis de mes séjours chez des amis extrêmement riches, aux Etats-Unis comme à Genève. Je repense souvent, en faisant chauffer mon café du matin dans une cuisine encombrée de la vaisselle de la veille, à ces somptueux petits déjeuners servis sur une nappe brodée par une soubrette à tablier... Envie ? Je ne crois pas. J'aime ma façon — moyenne — de vivre. J'apprécie tout autant le bonheur simple éprouvé dans des familles où c'est le bol de café à même la toile cirée...

Vous aviez donc raison de m'objecter : qu'est-ce que l'argent a à faire avec l'amitié ?

Le critère d'une amitié réussie, c'est qu'on se fiche complètement des différences de niveau de vie. Ce n'est pas qu'on ne les voit plus, on les sent toujours, mais on a appris à les savourer, on en rit même, au besoin, comme, entre les sexes, on apprécie la « petite différence ».

Et puis, il y a le manque d'argent : brutal, sévère, imparable, douloureux.

Quand nos amis en sont victimes, c'est là qu'il est indispensable de partager. En prenant les devants, parfois en disant : « Si tu as besoin d'argent, je t'en prête. » Ou même en faisant le chèque sans qu'on ait eu à vous le demander...

On ne peut pas toujours ? C'est vrai, mais à chacun selon ses moyens. Le fait de lui donner de l'argent — parfois sans remboursement espéré — réjouit le cœur de votre ami au point qu'il reprendra des forces pour son combat social. Il a éprouvé qu'il n'est pas « seul » face à l'hydre : la puissance ou la fatalité financière.

Chacun a pu constater que ce sont souvent les moins riches qui se montrent les plus généreux. La raison, me semble-t-il, en est que ceux qui sont sur la corde raide savent depuis longtemps — depuis toujours — qu'il n'est rien de pire que de devoir affronter seul les puissances d'argent, les administrations, les banques, les perceptions, ces collectivités sans âme, sourdes à la singularité de chacun, à ses « besoins », et à ses drames, à son histoire, en somme...

En revanche, les gens riches n'aiment pas faire savoir qu'ils le sont en prêtant ou donnant de l'argent à leurs amis — ils en versent plus facilement à des « œuvres » —, car ils craignent qu'on se dise : « Donc il peut, alors pourquoi pas plus souvent, et pourquoi si peu à la fois ? »

Les gens nantis ont toujours le sentiment qu'on les condamne secrètement pour ce qu'ils ne donnent pas... Culpabilité vieille comme l'humanité, la fraternité et l'indifférence ? Beaucoup préfèrent ne pas avoir d'amis du tout : rien que des relations ou de lointaines connaissances, pour ne pas avoir à affronter ce dilemme du don et du partage, ni devoir se poser sans relâche la question : Je donne ou ne donne pas ? Je fais un cadeau ou je n'en fais pas ?

Inutile de se le dissimuler : l'argent est le plus grand empêcheur de s'aimer en rond (si l'on peut dire) ! D'où la tentation de certains, entrant dans une secte ou en religion, de le balancer par-dessus les moulins : « Prenez tout mais, en contrepartie, aimez-moi ! »

Dans les sectes, on sait ce qu'il en advient : après avoir été pressé comme un citron, financièrement, moralement, physiquement, on est « suicidé » par cette association de malfaiteurs qui savent si bien profiter de la culpabilité d'autrui.

De sa terreur à l'idée de regarder l'argent en face !

Longtemps j'ai préféré me laisser dépouiller — dans mon mariage, en famille, au travail, — plutôt que de parler « sous ». Croyez-vous qu'on m'en aime davantage pour cela ?

C'est exactement le contraire, et je me le répète pour m'inciter à réagir !

L'amitié ne trouve son compte que dans les comptes en règle.

Ce qui n'empêche pas, si tel est votre bon plaisir, de ne jamais en faire et de tenir table, cœur et porte-monnaie ouverts... En toute connaissance de cause : plus vous donnerez, plus on vous prendra !

C'est une belle façon de vivre pour laquelle vos biographes vous rendront sûrement hommage. Toutefois, craignez les parasites...

La véritable amitié s'en protège et réserve ses dons aux élus.

Hélas, ils sont mariés !

Qui ça ? Mais nos amies et nos amis...

Nous avons beau le savoir en les rencontrant, c'est comme en amour : au moment du « coup de foudre », nous n'avons vu qu'eux, lui ou elle ! Cet être unique, créé rien que pour nous, se dressant à notre seule intention au-dessus du reste de l'humanité !

A l'instant où l'on s'est liés, l'ami ne se trouvait d'ailleurs généralement pas en couple, que son *alter ego* absent fût en voyage ou occupé ailleurs... Nous avons donc fait la connaissance de ce futur ami dans un cadre confidentiel : une salle d'attente, un cabinet, un bureau. J'ai des amis éditeurs, on s'en doute, que je vois en tête à tête : sinon, zéro pour mener à bien l'écriture ! Mais aussi une amie banquière, une autre psychanalyste, et puis celle que j'ai tant aimée, Agathe, remarquée chez un kinési où nous nous remettions toutes deux d'un accident de ski... Les terrains de sport favorisent aussi les rapprochements : nager ensemble, faire du golf, jouer au tennis... Comme les bibliothèques de prêt où l'on discute du monde imaginaire d'un auteur, ce qui est une façon de révéler le sien.

On se voit, on se revoit (comme dans la chanson de *Jules et Jim* interprétée par Jeanne Moreau, *Le Tourbillon*), on se parle, se reparle, et on finit par se retrouver liés par le plus solide des ciments : celui des confidences. Les cœurs s'éprennent ; commence alors la liaison amicale.

C'est là qu'*il (elle)* apparaît : l'Autre !

Le mari, l'épouse, le compagnon, la compagne...

Inévitable.

« Cela ne te dérange pas, mais Jules sera là ce soir ; d'ailleurs, je voulais te le présenter... »

On ravale sa déception, on fait bonne figure : les confidences sont remises à plus tard, on en était pourtant pressé, on avait hâte de confier à notre ami(e) ce qui venait de nous arriver, ce qu'on en avait conclu, et de recueillir son avis, ses conseils...

J'ai toute une palette d'attitudes différentes quand je me retrouve contrainte de « faire avec » le conjoint ou le compagnon. Soit je l'ignore complètement, comme s'il s'agissait d'une peluche ou — qu'on me pardonne ! — du chauffeur ou du valet de chambre dont il lui arrive de jouer le rôle, conduisant la voiture, allant chercher les plats à la cuisine... Soit je décide de le faire participer à la conversation comme si je le connaissais depuis toujours. Et tant pis pour lui s'il tombe des nues !

Face à ce parfait inconnu, je me mets alors à déballer mes « secrets », signifiant perfidement par là le degré de mon intimité avec son chéri ou sa chérie. On n'avait qu'à ne pas me faire ça : m'imposer sa moitié ! (Comme je vis seule, je ne suis pas en mesure de rendre la pareille...)

Car il est bien rare que je souhaite me retrouver en « tiers » entre l'ami et la personne qui — ne nous le dissimulons pas ! — lui est plus chère que moi ! Je le sais suffisamment, qu'il en est ainsi ; je ne veux pas le voir...

Il arrive pourtant que je m'en accommode. Cela signifie que notre amitié bat d'une aile et que la présence d'un témoin sert à dissimuler la triste réalité : on n'a plus rien à se dire d'intime et d'important. Alors, autant aller à trois au cinéma, au restaurant, dans leur maison de week-end...

Mais que j'en ai eu gros sur le cœur, de ces tiers ou de ces moitiés qu'on m'a subitement imposés ! En vacances, chez moi, ailleurs... Comment faire autrement que les accueillir avec un grand sourire ? Amitié oblige ! Ce sont les hommes qui se révèlent les plus hypocrites en l'occurrence. Vous les entendez s'inviter par téléphone : « Je viens déjeuner dimanche... J'arriverai à telle heure... » Vous préparez tout dans l'allégresse, dressez un petit couvert en tête à tête ! La porte s'ouvre : ils sont deux ! Parfois trois, avec l'enfant — qui n'est pas forcément du couple, le pauvre ! —, plus un chien, lequel, pour se faire remarquer, se révèle insupportable !

Adieu, l'ami attendu ; pour l'heure, il n'est plus qu'une vague connaissance.

Quant aux femmes, je les soupçonne parfois de profiter de notre amitié pour partager avec moi le poids d'un homme qui commence à leur peser. J'apporte la diversion, un vent venu d'ailleurs...

Là aussi, je fais bonne figure, mais je remâche ma déception pour grincer des dents quand je me retrouve seule dans la rue. Eux sont bien au chaud au lit, à deux, en train de commenter « leur » soirée ! Sur mon dos !

Reste le téléphone pour récupérer votre tête à tête avec une amie trop souvent accompagnée. Tant qu'elle ne met pas le haut-parleur... ce qui arrive, et là, pour moi, c'est la fin !

Encore, s'il n'y avait que les maris que vos amies vous imposent d'autorité : il y a les familles, enfants, petits-enfants, parfois même — abomination ! — les arrière-petits-enfants ! Je suis censée — moi qui n'en ai pas — m'exclamer, admirer les photos, m'intéresser aux premiers pas, aux premiers mots...

Je le dis tout net : ce déballage généalogique me rase ! J'ai choisi mon ami (mon amie), pas sa descendance... Sinon, c'est comme la famille ! Or c'est elle, justement, qu'on cherche souvent à fuir dans l'amitié.

Même Françoise Dolto m'a fait le coup : me foutant dehors, rue Saint-Jacques, avec la vivacité qu'on lui connaissait, parce que son petit-fils — plus précieux que moi, ce qui était normal — venait de rappliquer ! L'amitié, la vraie, c'est de le comprendre. Je l'ai compris, et me suis réjouie du bonheur de mon amie. Toutefois, quelle férocité chez les « nouvelles grand-mères » !

Là encore, on va me tancer : « Quel mal y a-t-il à ce qu'on se fréquente en groupe ? Nos deux familles sont amies depuis des générations. L'été, on se voit tous les jours, en bande ; les enfants adorent, les adultes aussi : on joue au bridge, on fait du voilier, on va voir le feu d'artifice... »

Le Club Med', en somme.

A Noël, le 31 décembre, ces grands rassemblements sont appréciables, et j'en bénéficie. Bien que j'aie aussi d'exquis souvenirs de soirs de fête où l'on n'est que deux proches, à la lumière du feu de bois et des bougies, à évoquer les réveillons d'antan.

On peut s'aimer très fort en troupeau, certes, mais ce n'est pas ce que j'appelle « amitié », car on n'est plus dans l'intimité du cœur ni la solitude du confessionnal...

Montaigne recevait-il La Boétie en ménage, avec sa grande fille pour passer les petits fours ?

Amis, chers amis, épargnez-moi vos familles, je vous ferai grâce de la mienne !

Est-ce mon signe astrologique qui veut ça — Vierge ascendant Vierge —, mais, plus critique que moi avec ses amis, il n'y a pas !

Je les voudrais parfaits, parfaites, jusque dans leur mise, leurs propos, leur physique, leur tenue morale. Toujours jeunes, toujours beaux. Mais l'un s'est laissé grossir, l'autre fume trop, le troisième s'habille de chiffons, profère des idioties à la cantonade, brigue des postes illusoires, se répète (perdrait-il la mémoire ?).

On n'a pas idée de *me* faire ça !

Des gens que j'aime tant, qui sont moi, dont je suis, j'ai été, je voudrais être si fière !

Oui, l'amitié est intransigeante — plus que l'amour, lequel, on le sait, est aveugle — et en oublie de se regarder dans la glace.

Et toi, te valorises-tu toujours devant tes amis, ou commencent-ils à murmurer entre leurs dents : « Madeleine se laisse aller... »?

J'ai si peur de les décevoir que je leur jette mes succès — professionnels, le plus souvent — à la tête. Pas plus tôt fait, je me morigène : Tu veux quoi ? Les rendre jaloux, les accabler sous le poids de ta réussite ?

C'est que la frontière entre admiration et envie est si mince.

Il faut des êtres de grande classe pour se maintenir sur cette ligne invisible. J'en connais, ce sont mes vrais amis, en fait les seuls...

Eux m'apprennent, sans me le dire, à les tolérer comme ils sont — pis encore : comme ils deviendront, l'âge venant.

Mon père était-il mon ami ? Je l'ai aimé dans ses décrépitudes. Pareil pour ma mère. Et même pour Françoise Dolto qui ne parvenait plus à respirer, sur la fin, mais qui rayonnait... C'est ce que vous apprend l'amitié (plus facilement que l'amour) : à entrer en relation avec l'être profond d'une personne, pas seulement avec ses oripeaux, sa renommée, son apparence...

Il y a quelques amis que j'aimerais autant déformés, infirmes, aphasiques, chauves, caractériels — n'importe quoi qu'ils décideraient de devenir... J'exagère ? Non, car je l'ai déjà éprouvé : nous sommes dans une telle communication d'être à être que je ne les « vois » plus, je les sens.

J'espère qu'il en va de même d'eux à moi ! Dans un au-delà du corps et de la condition humaine. Dans une sorte de communication que savent inventer avec les animaux ceux qui les aiment...

On parle d'amour vis-à-vis des bêtes. Bien entendu, c'est d'amitié qu'il s'agit. Qui n'a soigné jusqu'au bout un chat goutteux, aveugle, un chien paralysé, incontinent ? Avec une patience sans limite qui en arrivait à dégoûter l'entourage ! Se détraquant le dos pour les monter en haut d'un escalier, changer leur couche, les nourrir à la petite cuillère, les assister en pleine nuit...

Je l'ai fait, vous l'avez fait.

C'est cela, l'amitié. Elle peut nous transformer pour un temps plus ou moins long en « mère Teresa ».

Cette prise en charge des besoins de l'autre se fait sans qu'on le sente pour autant diminué. Il est là. Avec nous. Pour encore un instant. Quand il en aura assez de cette existence, il partira. A moins que nous ne sortions d'ici le premier, hé-hé, qui sait ?

Les amis sont de passage ; l'amitié, elle, est éternelle.

Sans amis, me répétait mon père, on n'est rien du tout.

Au fait, qui sont nos amis ?

L'être qui se révèle à nous lorsque nous sommes seuls ensemble, ou bien le personnage, parfois différent du tout au tout, qui se manifeste en public ? Ou — plus grave ! — qui n'est absolument plus le même lorsqu'il est en couple ?

Que notre ami fasse son numéro dès qu'il y a du monde — en *live* ou à la télé — n'a rien pour surprendre. Nous savons, pour notre compte, que nous en faisons tout autant. Faire la conquête du plus grand nombre requiert de travestir qui l'on est vraiment, d'adoucir certaines aspérités, de dissimuler des faiblesses, des singularités qui ne peuvent plaire à tout le monde. Pour faire l'unanimité, il faut savoir se limer les ongles et avancer profil bas. Quitte, lorsqu'on se retrouve seul avec un ami, à lui dire : « Que penses-tu de ma prestation ? Tu crois que je les ai eus ? — Ne t'en fais pas, tu as été parfait(e)... »

Ce retour à soi de notre ami en notre présence contribue à nous convaincre que nous sommes le seul à le connaître dans sa vérité profonde. Somme toute, un privilège. Jusque là, ça va : on admet ses ruses et variations.

Mais qu'en est-il de sa transformation à vue dès qu'il y a l'« Autre » ? Le mari ou la femme, l'amant ou l'amante ?

Là, pas de justification possible du style : « Il faut

mettre un masque quand on sort en public... » Ou :
« Prends ton fouet quand tu vas chez les femmes... »

C'est sans raison, nous semble-t-il, qu'en présence de son cercle rapproché, notre ami n'est plus l'être émouvant, spontané, joyeux que nous connaissons en tête à tête. Autre discours, autre vocabulaire, autres propos et même — horreur ! — opinions divergentes sur des sujets à propos desquels on se croyait œil à œil.

Ses choix politiques sont plus nuancés ; sa vision du mariage — ça encore... —, de l'éducation des enfants et jusqu'à ses goûts alimentaires ont varié !

Seul(e) à seul(e) avec nous, il mange de la viande, dévore du chocolat, raille son prochain, profère des insanités, drôles, crues, brûlantes ; en couple il s'abstient !

Non que le témoin le plus quotidien de sa vie ait besoin de lui rappeler son « régime » ; c'est de lui-même qu'il se comporte autrement. Le gai luron devient agneau ; le rigolo, un embêteur pontifiant ; le bavard, un silencieux ; l'amateur de bons vins, un abstinent...

On ne sait ce qu'on ressent le plus : la surprise, l'amusement, la déception, l'ennui... Tout à la fois, sans doute !

Un bref retour sur soi s'impose alors : est-ce que, de son côté, on ne se « tient » pas, devant le « tiers », comme des élèves quand le maître est là ? Ce serait convenir que la moitié d'un couple agit forcément comme un censeur sur l'autre moitié...

Je vous laisse conclure.

Une seule chose nous console de demeurer sur notre faim d'amitié. C'est donc à nous, et non à son (sa) « chéri(e) », que notre ami(e) réserve le meilleur de lui-même... En tout cas, le plus vrai !

C'est peut-être cela qui caractérise l'amitié et fait qu'on s'y sent si à l'aise : on peut y être soi en toute liberté ! Sans se soucier de la moitié, du « tiers », ni même du quart...

Que de confidences j'ai ainsi reçues : « Eh bien, je vais te dire ce qu'il en est, mais tu le gardes pour toi... » Il ne s'agit pas forcément d'une frasque amoureuse ; c'est parfois un jugement d'une âpreté et d'une cruauté sans limite. Sur qui ? Eh bien, sur les familiers : enfants, conjoint, patron, belle-mère, etc.

« Dès que les enfants ont quitté la maison, enfin je me suis mise à respirer !... » « Si tu savais comme Jules me pèse, je n'ai même plus le temps de penser, il veut toujours que je lui fasse ou lui apporte ci ou ça... » « Il y a des jours où je les tuerais tous... » « Si je pouvais me tirer quelques jours avec toi, n'importe où, quel bonheur ! »

Après ça, comment être jaloux ? N'a-t-on pas de ses amis le meilleur, le plus cru, le plus sincère ?

En tout cas, on en est convaincu.

Non, je ne suis décidément pas jalouse en amitié !

Toutefois, un conseil : dès que vous vous retrouvez en famille, en groupe, en société, oubliez aussitôt tout ce que votre ami vous a confié dans l'intimité.

Jamais de : « Mais tu m'avais pourtant dit... »

Ce serait le perdre !

Françoise Dolto proclamait : « Toute rencontre est une fête ! » Elle me le disait alors que nous étions ensemble et qu'après moi elle allait en voir d'autres, plein d'autres, ce dont elle se réjouissait d'avance. Comme elle se délectait au souvenir de toutes ses rencontres précédentes, dont celles avec ces bébés, ces *infans* qui lui avaient, d'après elle, « tout appris »...

Les derniers temps, elle murmurait comme pour elle-même : « C'est drôle, j'aime les gens ! »

Nous avons tous envie d'aimer les gens, mais que c'est difficile !

Comment aimer, à moins d'être un saint, la personne renfrognée derrière son guichet et qui vous répond d'une façon rogue que vous avez fait la queue au mauvais endroit, n'avez qu'à la refaire ailleurs, et que, de toute façon, votre titre de paiement n'est pas valable... Comment aimer l'examinateur qui vous recale, le patron qui vous débauche, la femme ou l'homme qui vous vole votre amour, le délinquant qui vous fout par terre pour dérober votre sac, votre manteau, votre voiture... Comment aimer ceux qui vous tuent, vous mutilent, vous déshonorent, vous injurient symboliquement ou pour de bon ! Comment aimer son « ennemi » de fait ou de situation ?

Je le dis carrément : je n'aime guère les Allemands, en bloc, pour ce qu'ils ont fait par deux fois aux hommes de ma famille... Mais j'aime un Allemand, et même deux : mes amis.

Voilà : les amis sont là pour vous réconcilier avec l'humanité entière. On peut se sentir aimant à bon escient grâce à quelques rares spécimens choisis de l'espèce humaine qu'on pare peut-être de plus de vertus qu'ils n'en ont. Mais c'est tant mieux.

Aimer est nécessaire pour bien vivre, oser respirer à fond, s'épanouir.

Nos amis ont une grande tâche : nous donner le merveilleux sentiment que nous sommes « bons ».

Nous aussi nous l'avons à leur endroit, cette responsabilité : leur offrir la possibilité de croire, de constater qu'il y a quand même ici-bas des êtres de qualité, que la vie vaut d'être continuée, chérie, protégée, reproduite...

Les enfants qui n'ont pas de copains, ou qui ont l'infortune d'être trahis par les leurs, deviennent de piètres humains : ils ne croient plus à l'amitié.

Les amis forment comme une guirlande bénie entre nous et le Mal.

A quelqu'un dans la peine ou la nécessité, un médecin, un commissaire de police demandent : « Vous n'avez pas d'ami ? » (Chez qui se réfugier, à qui se confier.)

Les amis sont les représentants du Bien.

Chacun de nous a le devoir de se surpasser — et s'y emploie — face à ses amis. Pour eux, nous nous grandissons mieux et plus encore qu'en amour.

Même si je suis dans la confusion, le délabrement, je tente de faire bon visage à mes amis. Je le leur « dois », en quelque sorte, car je ne veux ni les décourager, ni les désespérer. Je sais qu'ils en font autant pour moi : nous sommes une société d'entraide mutuelle.

Du théâtre ? Peut-être. Nous nous jouons entre nous la comédie du meilleur, afin de nous confirmer les uns aux autres qu'il y a de belles âmes, de grands sentiments, de l'absolu.

De l'amitié, en somme.

Certains de mes amis sont plus doués que d'autres pour ce qui est de me fournir une belle, une superbe image de la vie. Même si je ne suis pas tout à fait dupe, je les aime et les en remercie de tout cœur.

Mais au diable la morale et les grands sentiments ! Les amis, c'est aussi et avant tout pour faire la fête ! Car on ne fait pas la fête tout seul...

Pas seulement au sens où l'entendait Françoise Dolto : pour la rencontre du meilleur de soi avec le meilleur de l'autre... Non, la fête du plaisir, de l'abandon, de l'indifférence à ce qui n'est pas l'instant présent !

On laisse au vestiaire ses soucis, mais aussi sa « belle image », comme lorsqu'on entre dans certaines boîtes de nuit, et l'on plonge dans le grouillement de ses élans les plus instinctuels. Chacun avec ses limites et ses frontières.

Parfois, il n'y en a pas et c'est entre amis que les futurs drogués s'initient, se perdent, se détruisent... Mais, pour la plupart, la fête consiste à boire un peu, manger beaucoup, danser, oublier ses inhibitions, le temps d'une noce, d'une célébration, d'une fête carillonnée.

Il y a d'ailleurs le Carnaval, à dates fixes, un peu partout dans le monde. Ce charivari où l'on peut se défouler sous un masque jusqu'à la débauche. Parfois aussi le meurtre...

Mais la vraie bonne fête a lieu entre amis sûrs qui savent ce qu'il en est de chacun, jusqu'où il convient d'aller pour sortir du carcan social, une fois le fardeau quotidien déposé... Les amis sont là pour s'entraîner mutuellement à la fête tout en surveillant qu'elle ne tourne pas au drame.

Les amis, garants du plaisir !

Dans les grandes occasions, mais aussi les petites. L'ami (l'amie) est celui (ou celle) qu'on est toujours content de trouver au bout du fil : « Ah, c'est toi ! » Notre voix s'éclaire, le ton se fait plus joyeux. C'est à un ami que l'on donne rendez-vous en fin de journée pour quelques instants de délassement...

Il n'y a pas si longtemps, je me suis dit que toutes mes journées, même les pires, les plus chargées, les plus dramatiques, devaient comporter un rendez-vous avec le plaisir. Fût-il archicourt. Cela ne peut avoir lieu que du fait d'un ami. C'est un coup de téléphone, une visite, une brève rencontre sur un lieu de travail, au café. Mieux, si l'on peut prendre un repas, faire des courses, passer un week-end. Profitons de ce qui est possible, aménageons-le.

Ce peut être aussi le temps d'une lettre. J'ai un ami auquel j'écris régulièrement, tôt le matin. C'est mon moment de vraie détente. J'abandonne les rênes à ma fantaisie, mon inspiration, et lui-même me dit qu'il prend plaisir à me lire. Souvent, il me téléphone au reçu de ma missive. L'échange est court ; tout de suite après, nous « replongeons », mais d'une autre humeur, du moins à ce que j'en ressens.

Le plaisir amical est comme une confirmation que nous sommes sur le bon chemin, quoique surchargés de travail et d'obligations. Autrement dit, nous n'avons pas perdu de vue l'essentiel, qui est... l'oisiveté !

Hé oui, les êtres humains ont besoin de ne rien faire, de se mettre en jachère, afin de se livrer à l'occupation principale de toute existence, qui est la méditation : d'où viens-je ? qui suis-je ? où vais-je ? qu'en est-il de la mort qui approche ?

Le contact amical est comme un rassurement, une caresse virtuelle : « Ce ne sera rien, tu verras, juste un passage... »

La preuve : nous en rions ensemble !

Est-ce qu'on rirait si la vie était tragique ?

Mais non, le fond de la vie, c'est le plaisir. La joie. Alors, faisons la fête !

Et puis, n'avons-nous pas cette chance inouïe : d'être contemporains ! Tu te rends compte ? Depuis des milliards d'années que le monde est monde, quelle chance infinitésimale avions-nous de vivre au même moment ? On a failli se louper !

Ça vaut de célébrer l'événement, encore, encore, encore !

Ce qu'il y a de plus triste au monde, c'est la mort de l'ami.

Tout ce que nous avons partagé avec lui, les bonheurs, les malheurs, les plaisirs, les confidences, le quotidien, tout s'effondre d'un coup.

Non que le souvenir s'en évanouisse — cela vaudrait peut-être mieux —, mais cette partie de notre passé devient douloureuse du fait qu'elle n'est plus vivante, ne peut plus être évoquée à deux en souriant avec naïveté : « Tu n'as pas l'impression que ça s'est passé hier ? »

A l'instant même de la mort de l'ami, un morceau encore palpitant de nous-même devient de l'histoire ancienne, laquelle ne fait plus dresser une oreille à nos enfants et petits-enfants...

Il est un autre aspect de la mort de l'ami qu'il m'a fallu du temps pour appréhender et qui est l'un des motifs de ma souffrance : l'ami mort ne vous appartient plus.

Il a des proches, de la famille, des enfants qui se précipitent autour du cercueil en vous intimant l'ordre de reculer. C'est déjà le cas durant l'agonie si la mort n'est pas subite, cela recommence au moment des obsèques. Vous n'avez droit qu'à la place de l'ami, trois pas en arrière, et tâchez de ne pas en faire trop dans l'expression de votre chagrin !

Pourtant, vous êtes bien placé pour savoir, parfois,

que cette famille, il y avait belle lurette que votre ami ne comptait plus dessus, ou qu'il ne lui confiait plus rien, s'y sentant incompris, sachant qu'on n'attendait de lui que son héritage. C'est à vous qu'allait le meilleur de lui-même, du fait que vous représentiez sa jeunesse, tous les bons moments, certains secrets, de son cœur — comme ses aventures amoureuses, s'il en fut !

Et que, s'il avait envie de quelque chose, c'était de mourir sa main dans la vôtre !

Que nenni : vous laisser seule avec lui ? Et si vous soutiriez l'une de ses bagues ou son bracelet-montre au dernier moment !

Pas plus que les favorites, chassées sans vergogne à la seconde de la disparition du souverain, voire avant, les amis ne sont pas souhaités à l'instant de la mort. C'est pour cela que je me montre alors si peu. J'ai eu quelques expériences amères — « On n'a pas besoin de toi... » — qui m'ont servi de leçons et qui font que je quitte aussitôt le terrain. Laisse la place. Sort du champ.

Aussi me voit-on rarement aux enterrements et dans les cimetières. Que les pleureurs officiels et les vautours patentés fassent leur œuvre — moi, je pars avec le meilleur. Je vais pleurer sur mon trésor, dans mon coin.

J'ai de quoi : la liste de mes disparus s'allonge sans cesse et les lieux, parfois bizarres, où j'ai appris leur mort sont pour moi leur véritable « tombe ».

Pour l'un, c'est une plage du Midi, celle de Bandol. Pour tel autre, évidemment, le téléphone : je ne peux saisir chez moi l'écouteur demeuré en place, sans penser à lui. Je me revois contemplant dans la glace au-dessus du lavabo mon nouveau visage : celui de moi-même subitement sans lui, mon ami ! Je ne me lave pas les mains sans que son image, consciente ou subconsciente, ne surgisse...

Les rues aussi, celles où j'ai promené mon chagrin tout neuf dans le vain espoir de l'user, restent hantées.

Sans compter toutes les maisons où ils ont vécu, où je leur ai rendu visite, les endroits où nous sommes allés manger, rire ensemble !

L'âge venant, les rues de Paris — j'ose à peine l'avouer — me font l'effet d'allées de cimetière ! A peu près partout j'ai du monde et lève mon chapeau à la mémoire de l'un ou l'autre chaque fois que j'y passe à pied, en voiture, en autobus...

Mon père m'emmenait au cimetière de Montparnasse, le Jour des Morts — ou au cimetière Saint-Vivien quand nous étions à Saintes — et me désignait une impressionnante succession de caveaux dans lesquels, en sus de la famille, il avait des « connaissances » ! Nous faisions un bref arrêt et il me les « présentait » ! L'une de ces tombes m'est restée : « Tu vois, ma fille, ici est enterré mon professeur de français à Janson-de-Sailly, avec son fils aîné, mort avant lui à la guerre de 14 ! » J'ai oublié le nom de ce maître ; pas le ton de mon père, lequel n'était pas chagriné : il lui rendait sa visite annuelle, c'était tout...

Moi aussi, j'ai du monde à visiter ! Reste que ce n'est pas dans les cimetières, où je ne me rends guère, mais partout dans la ville : rue Saint-Jacques, n° 160 ; rue Lhomond, au 94 ; bd Saint-Michel, au numéro 10 ; bd Pereire ; rue Théodule-Ribot, au 12 ; square de Châtillon, rue Boulard, rue Beethoven... Partout où j'ai fréquenté des vivants aimés, des gens que je ne pouvais voir sans que mon cœur se dilate, mon sourire s'épanouisse, et qui ne sont plus là.

La formule est expressive dans sa brièveté définitive et sans appel : « Il n'est plus là ! » C'est ce que disent les concierges pour informer qu'un certain locataire ne loge plus dans l'immeuble.

De fait, ils ne sont plus là !

Je ne connais plus personne rue Cortambert, square Antoine-Arnauld, square Pétrarque, avenue Kléber, tous ces hauts lieux de ma tendresse. Aussi, quand je m'en approche, longe certaines maisons, je presse le pas, serre mon sac contre moi, murmure quelques mots d'amour : « Cher, cher ami... Où es-tu ?... Attends-moi... Je te promets de te rejoindre bientôt. »

Mais je sais que je dois continuer mon chemin, puisque je ne suis pas au bout ; c'est le cœur gros.

Un si merveilleux bouquet d'images pleines de gaieté, de bonheur, de frivolité même ! Tout s'est donc fané comme les couronnes laissées sur les tombes ?

Etait-ce la peine d'avoir donné son cœur pour qu'inévitablement il vous soit arraché morceau par morceau ? Ne ferait-on pas mieux de vivre en égoïste, en restant tout à soi, pour ne jamais risquer d'en rien perdre ? (J'en connais qui se contentent ainsi.) Pour ne pas se retrouver de plus en plus divisé, un pied dans « leurs » tombes, un autre dessus la terre, déchiré jusqu'au tréfonds, plus jamais « entier » ?

A cause de ces satanés amis qui ne sont ici que de passage !

« A partir d'un certain âge, disait mon père, remaniant sans cesse ses fiches, mettant à part celles des morts après y avoir ajouté une croix, il faut s'habituer à perdre ses amis. »

« Mais non, mais non ! grommelait Françoise Dolto, laquelle, pas plus que moi, ne supportait la souffrance du cœur. Tu ne les as pas perdus, tes morts. Ils sont seulement devenus invisibles — et tout ce qu'ils ont désormais à faire, c'est t'aider ! Tu ne te sens pas de plus en plus soutenue ? Moi, si ! »

Si Françoise a dit vrai, si vous êtes seulement devenus des « invisibles », mes chers amis, il ne me reste plus, pour vous retrouver, qu'à fermer les yeux. Comme vous l'avez fait.

Peut-être vais-je ainsi pouvoir mieux vous « sentir », vous entendre ?

Hé, ho, là-bas sur la montagne, répondez-moi ! Ne me laissez pas toute seule dans le noir !...

Du même auteur :

Un été sans histoire, roman, Mercure de France, 1973 ; Folio, 958.

Je m'amuse et je t'aime, roman, Gallimard, 1976.

Grands Cris dans la nuit du couple, roman, Gallimard, 1976 ; Folio, 1359.

La Jalousie, essai, Fayard, 1977 ; rééd., 1994.

Une femme en exil, récit, Grasset, 1979.

Un homme infidèle, roman, Grasset, 1980 ; Le Livre de Poche, 5773.

Divine Passion, poésie, Grasset, 1981.

Envoyez la petite musique..., essai, Grasset, 1984 ; Le Livre de Poche, Biblio/essais, 4079.

Un flingue sous les roses, théâtre, Gallimard, 1985.

La Maison de jade, roman, Grasset, 1986 ; Le Livre de Poche, 6441.

Adieu l'amour, roman, Fayard, 1987 ; Le Livre de Poche, 6523.

Une saison de feuilles, roman, Fayard, 1988 ; Le Livre de Poche, 6663.

Douleur d'août, récit, Grasset, 1988 ; Le Livre de Poche, 6792.

Quelques pas sur la terre, théâtre, Gallimard, 1989.

La Chair de la Robe, essai, Fayard, 1989 ; Le Livre de Poche, 6901.

Si aimée, si seule, roman, Fayard, 1990 ; Le Livre de Poche, 6999.

Le Retour du bonheur, essai, Fayard, 1990 ; Le Livre de Poche, 4353.

L'Ami chien, récit, Acropole, 1990.

On attend les enfants, roman, Fayard, 1991 ; Le Livre de Poche, 9746.

Mère et Filles, roman, Fayard, 1992 ; Le Livre de Poche, 9760.

La Femme abandonnée, roman, Fayard, 1992 ; Le Livre de Poche, 3767.

Suzanne et la province, roman, Fayard, 1993 ; Le Livre de Poche, 13624.

Oser écrire, essai, Fayard, 1993.

L'Inondation, récit, Fixot, 1994.

Ce que m'a appris Françoise Dolto, Fayard, 1994.

L'Inventaire, roman, Fayard, 1994 ; Le Livre de Poche, 4008.

Une femme heureuse, roman, Fayard, 1995 ; Le Livre de Poche, 4021.

Une soudaine solitude, essai, Fayard, 1995.

Le Foulard bleu, roman, Fayard, 1996.

Paroles d'amoureuse, poésie, Fayard, 1996.

Reviens, Simone, roman, Stock, 1996.

La Femme en moi, essai, Fayard, 1996.

Les Amoureux, roman, Fayard, 1997.

Un bouquet de violettes, suspense, Stock, 1997.

Composition réalisée par JOUVE

IMPRIMÉ EN FRANCE PAR BRODARD ET TAUPIN
La Flèche (Sarthe)
LIBRAIRIE GÉNÉRALE FRANÇAISE - 43, quai de Grenelle - 75015 Paris.
ISBN : 2 - 253 - 14751 - 6